秋色《あきいろ》

「俺はおまえに会いたいよ。毎日でも会いたい。
できればずっと傍にいてほしい。だからもうここには来るな」　（本文より抜粋）

DARIA BUNKO

秋色

朝丘 戻

illustration ✻ 小椋ムク

イラストレーション❋小椋ムク

CONTENTS

この作品はフィクションです。

実在の人物・団体・事件などに一切関係ありません。

秋色

五年前のあの夜からずっと願っていることがある。
美里《みさと》がこの先永遠に苦しい想いをしませんように。
二度と誰かに泣かされたりしませんように。
一生、幸せでありますように。

時色

「そういえばさ、」

とキャンバスを筆先で撫《な》でながら彼が言った。

「おまえが俺にあだ名をつけた日のこと想い出したんだよ」

「え……なに、唐突に」

「いや。あの時俺は夢中だったから気づかなくて当然だったなってしみじみしてさ」

夢中、と胸の内で復唱して俯《うつむ》き、膝《ひざ》の上にある自分の手を見下ろした。

「こら、ちゃんとこっち向く」と叱《しか》る声がする。

「モデルのおまえがそんな顔してたら絵まで暗くなるだろう?」

見上げると、目を細めて柔らかく苦笑するアキの顔を窓から入る淡い夕日が照らしていた。

＊＊＊＊

こんな仏頂面の気難しげな男の隣で、どうしたら緊張せずに勉強できるんだろう？　――と、授業が開始してから三十分間ずっと煩悶《はんもん》している。

先日彼が大学で絵を描いているんだと知った。大きなキャンバスを持ってきたから気になって訊《き》いてみたら、その絵を見せてくれながら饒舌《じょうぜつ》に解説し始めたのだ。

公園の木陰で雨宿りする、脚を怪我《けが》した猫の絵。

それまで威圧感ばりばりで厳格だった彼が初めて見せてくれた笑顔もよく憶《おぼ》えている。笑うと人懐《ひとなつ》っこく無垢《むく》になって、語る信念も酷《ひど》く格好よくて、ああ、絵が好きなとても真摯《しんし》な人なんだな、と憧憬《しょうけい》に暮れた。

恋に落ちるぐらい。

「……あの、秋山《あきやま》先生。今日は絵、持ってこなかったんですか」

「無駄口叩《たた》いてないで勉強しろ。ここ、また間違えたら承知しないからな」

「す、すみません」

絵も人柄も素敵だと思うのに、先生と気持ちよく会話する方法がいまいちわからない。

ただ知りたかった。この人の趣味とか生活とか人間関係とか家族構成とか生《お》い立《た》ちとかが。

年上の芸術家なんて今まで身近にいなかったし、この厳しさと孤独の入りまじった独特なオーラにどうしようもなく惹《ひ》かれるから。

この人ってどんな会話に興味を示すんだろう。どうすれば心を開いてくれるんだろう。

「秋山先生はどんなアダルトビデオ観ますか」

「観るよりする派です」

即答かよ！　……まあ、定期入れに彼女の写真入れてるの知ってるけどさ。

「いやあの、フェチ？　嗜好《しこう》？　とかが知りたいんだけど……」

「家庭教師と生徒ものかな」

「えっ」

「冗談《じょうだん》だばか野郎。――おい、おまえ勉強する気あるのか？　発情してないでさっさと問題解けよ。くだらない話に付き合う気はないからな」

「ごめんなさい……」

えろい話題なら食いついてくれるかなと期待したのにこれだ。……硬派で格好いいけど。

俺はシャーペンを握《にぎ》る自分の右手のすぐ真横にある先生の左手を盗み見た。

この人は左ききだ。だからペンを持つ互いの手が時々ぶつかる。かたちのいい骨張った左手、赤ボールペンを持つ綺麗《きれい》な指先。

この大きな手で、あの定期入れの写真の彼女を抱いているのかな。

「いたっ！」

見惚《みと》れていた左手が浮いて、赤ペンの先で右手の甲をぶすっと刺された。

「目が覚めたか？　ぼんやり寝てるんじゃねえぞ」

「寝てません！　信じらんない、すげえ痛いよ！」

「寝てないならなんでその右手は動かないんだ？　言ってみろよ。勉強中にえろいことばっかり考えてる腑《ふ》抜《ぬ》けた脳みそで考えて言ってみろ、え？」

酷すぎる……でもど正論すぎる……。

「俺はただちょっと、先生と話がしたいんです」

「俺はここへ勉強を教えに来てるんだよ、わかるか美里君。おまえは教え子で俺は先生、公私混同するつもりはない。お友だち付き合いしてくれる家庭教師がいいなら他を探しな」

「や、秋山先生がいいけどっ、でもそんな仏頂面で睨《にら》まれてたら恐くて勉強できませんっ」

「俺がにこにこしてたら成績が上がるのか？　へえ、じゃあにこにこしててやるから次のテストは全教科満点とれよ。わかったか？　とれるんだよな？　ん？」

「……う」

「努力嫌いな奴は言い訳探しが得意なんだよ。環境や状況は関係ない、必要なのはおまえ自身のやる気だ。文句並べて他人のせいにして自分を甘やかす人間はクズにしかなれないぞ、憶えておけ」

胸を射貫かれて熱くなった。至近距離から真剣な目で睨み据えられて茫然《ぼうぜん》とする。

これは先生の経験からでてきた説教なんだと直感するのと同時に、彼も自分自身をこうして厳重に律している人なんだと悟ったら、焦《こ》がれて苦しくて狂いそうだった。

「……なにうっとりしてるんだよ。叱られてるってわかってるのか？」

「あ、はい……わかります。けどなんていうかその、先生と普通に親しくなりたいだけで、」

「必要ない」

一蹴《いっしゅう》された。徹底的に拒絶されると勉強云々《うんぬん》関係なく哀しくなる。

確かに親しくする必要はないし、勉強を教える先生と教わる生徒の関係を越える必要もない。だけどこんな怒ってばかり、怒らせてばかりなのは嫌だし、なんで絵を描き始めたのかとか、大学は楽しいのかとか、そういうふうに、

「……先生のこと、知りたいんです」

ほんの少しでいいから近づきたい、この人の心に。

俯いていたら、そのうち秋山先生が俺に身を寄せて顔を覗《のぞ》き込んできた。俺の右肩を掴《つか》んで強引に向かい合わせにしようとする。

「な、なに？　やめろ、」

肩に先生の掌《てのひら》の温度が浸透することに動転して抵抗するも、椅子《いす》をくるっとまわして向かい合わされてしまった。

至近距離に、眉間《みけん》にしわを寄せた恐い顔の秋山先生が。

「……おまえ、もしかしてゲイなのか？」

心臓が破裂したかと思った。なんで真っ先にそんな発想がでてくるんだ、俺の質問と行動が不自然だったか？　親しくなりたいっていうのが変？　変じゃないだろ、先生の方が不自然だ。不自然だ、けど……違うって言えない。

「ふうん……」

秋山先生は勝手に納得して、右手で机に頬杖《ほおづえ》をつくとにやりと微笑した。すげえ楽しげだ。俺は否定するのも彼を罵《ののし》るのも嫌で、膝の上で拳《こぶし》を握って精一杯見返した。

身体まで爆発して粉々になりそうだ。先生の視線に全身が痺《しび》れて沈黙が猛烈に辛《つら》い。

顔、熱い。赤くなってないだろうか。羞恥《しゅうち》に潰《つぶ》されそうだけど、目は絶対そらしたくない。

「ははは、家庭教師にえろい願望抱いてたのか。さすが思春期だね、やらしい」

……やっと笑ってもらえたのに嬉しくなかった。

わかっていたけどこれは不毛な想いで、先生には笑い話でしかないんだ。教師と生徒の俺たちはこのまま普通に勉強をして成績のことだけ話し合って普通に別れて、大学に合格すれば二度と会わなくなる、それが正しい。

それだけの関係だ。この人には彼女もいる。

今なら、このまま忘れていける。

そうだ。親しくなろうとするのもばかなんだ。

呼ばれても俺は無視して椅子をもとの位置に戻し、今一度ペンを持って問題集に向かった。

「美里」


怒ってばかりいる先生が恐くても、緊張を解きたいなんて願うのももうよそう。

勉強に優しさなんか必要ないんだ。

恋愛なんて論外なんだ。


「美里、」

唇《くちびる》を嚙み締めてペンをきつく握ったら、秋山先生はしつこく俺を呼んで頰をつついてきた。

なんだよ、と思って睨み返すと目を細めて笑んでいる。

「この問題集の二ページ、間違えずにできたら抱いてやろうか……?」


「呆《あき》れた。このやる気をなんで毎回だせないんだよ」

「……たまたまです」

「よく言う。まさか本当にできると思わなかった。一問だけ微妙だけど、まあ許せる範囲だし
……生徒と寝るなんて考えもしなかったな。しくじった」

採点の終わった問題集を見返してため息をこぼす秋山先生は、唇を曲げてペンで頭をかりかり搔《か》いて困っている。

俺は、当然の反応だよな、と納得して机の上に置いていた麦茶を飲んだ。俺が女の子ならまだしも男同士じゃありえない。

胸が軋《きし》んで喉《のど》の奥が痛むと、やっぱり単なる憧《あこが》れじゃないみたいだと自分自身の感情ながら改めて確信した。

駄目だな。せめて一回だけでも、とか期待してたかもしれない。本当に駄目でばかだ。でもどうしても忘れられない。

――『世の中に完璧なんてものはないんだよ』

あの時の先生の目と、自分の身体中に駆け巡った熱が。

ぽつと呟《つぶや》いた先生が俺の口から麦茶のグラスを離して机の上に戻した。

「……しかたないか」

「こっちに来い」

え、と戸惑う俺の右腕を摑んで引く。

誘導されるまま立ち上がって、促されるままうしろのベッドに腰掛けたら、秋山先生が俺の脚を割ってあいだに跪《ひざまず》き、顔を覗き込んできた。

「ん？」と表情を歪《ゆが》める。

先生の腕が。

腕と手が、俺の身体の横に、くっついて……。

「こら。麦茶ちゃんと飲み込めよ、ばか」

はっと我に返って、俺は口内に含んだままにしていた麦茶をごくっと喉の奥に押し込んだ。

麦茶の味がしない。なんか苦い。

「なに緊張してるんだ。もしかしておまえセックスするの初めて?」

頷《うなず》いた。

「童貞《どうてい》か?」

もう一度黙って頷く。

……駄目だ、顔が近すぎる。口先にちょっと先生の息がかかる。死ぬ。心臓が引きつる。

「いいのか? 相手が家庭教師で。今の若い奴らはほんと簡単に身体を許すんだな」

「……俺は、女じゃないし」

「男でもちょっとは大事にしろよ。一応恋愛の先にあるもんだろうが」

「さ、誘っておいて、なに偉そうなこと言ってるんですか」

「まあそうだけど。――……俺はちょっと興味があったんだよ」

「興、味……?」

「芸術家にもゲイだった人が多くて、彼らの作品を観るたびに同性愛ってどういうものなのか考えてた。恋人だろうっていわれてる男の絵が繊細《せんさい》に優しく描かれていたりすると、どんな恋愛だったんだろうって想像したりしてな」

「先生……」

　この目だ、と思う。俺が惹かれた、絵に誠実で真摯な目。

「その画家の人たちってたとえばどんな人ですか？　外国人？　いつ知ったの？」

「最初は俺が中学の時だよ。ある日本人画家がゲイだったって知った。芸術家は好奇心旺盛だから恋愛にも自由な価値観を持っている人が多いのかもな。俺も同性を抱くのがどういう感覚なのか、試してみたかった」

　男でもこの身体に興味を持ってもらえるのなら、嫌悪されるよりずっといい。

　息をついて真正面にいる先生の顔を見返す。見つめ合うと、俺の視線の動きを追いかけるように先生の眼球も揺れる。何度も瞬きをして、彼の視線から逃げたくなって、それでもそらさずに耐えて見つめた。

　集中していないと呼吸が乱れてしまう。笑われたらと思うと恥《は》ずかしいし恐い。でも先生は俺の顔を凝視し続ける。俺の視線を追うのをやめると、眉《まゆ》とか睫《まつ》毛《げ》を毛の一本一本全部数えるような真剣さで眺めて、次に目尻、鼻、唇までゆっくり辿《たど》っていく。

　羞恥と恋慕にまみれて発狂しそうになるのを耐えて、自分も先生を見続けた。これが最後みたいに。

「……最初会った時にも思ったけど、おまえの顔、やっぱり、」

　先生が言いかけて、俺が「え」と洩《も》らしたら、

「いや、なんでもない」

と濁《にご》された。かわりに俺の右耳の横の髪をよけて耳たぶを撫でる。それから小さく笑って顔を寄せると唇を唇で塞《ふさ》いできた。

キスした。

キス、した。

キス……した……。

「ばか、歯を食いしばるなよ」

左頬をつねってぐいぐい引っ張られる。

「だって、キスなんか、すると思わなくてっ」

「されたらこたえろ」

「こたえ方がわかりません！」

赤くなって抗議したら先生は唇をへの字に曲げた。

「……なんだ。おまえセックスだけじゃなくてキスもしたことないのか」

「恋愛を、したことがない。同級生も、友だち以上に思えないし」

「それでも俺と寝るの？」

先生の目が叱るように俺を貫く。耳たぶを先生の指に挟《はさ》まれている。股《また》には先生の腰が当たっている。間近にいるのに手を伸ばせない。先生のことは抱き締めたい。そう言えない。

「……美里。少し唇開いて舌だせばいいから、やってみ」

俺の返事を諦めたのか、先生がため息まじりに言った。

「ほら」

厳しめに促されて、沸騰《ふっとう》寸前の頭を働かせて、考えて、のろのろ口を開いてみた。するとまた唇を塞いで舌を捕らわれた。ねとりとした感触と、口内でまざり合う生温《なまぬる》い唾液《だえき》に戦慄《わなな》いて思わず引っ込めると、左耳をぎゅっとつねられる。

心臓が潰れそうだ。

先生の口、煙草《タバコ》の味。顔が熱い。先生の手が熱い。息苦しい。

先生の舌を懸命に追いかけていたら、こたえるように軽く吸われた。それがとても気持ちよくて嬉しくて、後頭部が痺れて胸が熱くなった。歯列をなぞって口の中を隅まで舐《な》められて、先生は男の口なんて気持ち悪くないのかなと心配になるぐらい丁寧に嬲《なぶ》ってくれる。

申し訳ないのにやっぱり嬉しくて、辛抱堪《しんぼうたま》らず先生の背中に両腕をまわして締めつけたら、

「痛いだろ、甘えるな」

と頭をぺんっと叩かれた。いたい。

「まあいい。キスも少しだけうまくなったな。ちゃんと練習しておけよ、好きな子ができた時に格好悪いぞ」

……好きな子。

「教え子とセックスって、ほんとくだらないアダルトビデオみたいだな」

「先生も試したいって、言ったじゃないですか」

「罪悪感ぐらいある。でも──、」

俺を見つめて言葉尻を消した先生が、考えるのをやめたように俺の学生服のシャツに手をかけてボタンを外し始めた。一つ二つ、先生の指がボタンをといて肌が露《あら》わになっていく。

「……先生」

「ん？」

嘘《うそ》みたいだ。

「あの……彼女と、」

今日のこと、たぶんずっと忘れない。男に惚《ほ》れてその相手とセックスできることになって向かい合っている、こんな異常事態、奇跡以外のなにものでもないから。家庭教師の契約が切れて先生と別れても、またべつの誰かと恋愛しても、折に触れて何度も想い出すんだろうな。

「先生の彼女、と……違うように、抱いてください。痛くてもいいから」

先生の手がとまった。ぽかんとした顔で俺を見ていたあと、やがてふっと笑う。

「あ、そう。……そうね。バージンには優しくする方だけど、おまえの苦しそうな顔ちょっと見たいかもね」

そして左手で俺の前髪を掻き上げつつ、身体を寄せてもう一度キスをした。

「知ってるか美里。乳首は利き手と反対側の方が感じるんだよ」

「……。じゃあ、秋山先生は右が感じるんですか」

「こら、触るな。おまえは触られてればいいんだよ」

俺がのばした手を摑んで気をつけの姿勢にさせると、先生は右手で俺の左胸を撫でた。人差し指と中指のあいだに乳首を挟んで揉まれて、俺は下唇を嚙んで耐える。

「わかっちゃいたけど切ないぐらい真っ平らだな」

「先生、のは……?」

「俺の胸に興味を持つなよ」

「俺も、揉《も》みたい」

「がっついたら両手首縛るぞ」

「先生はSM好き?」

「手首縛るだけでSMかよ、お子ちゃんだな」

嘲笑《ちょうしょう》を洩らした先生が手を離して俺のシャツを両肩がでるところまで剝《は》ぎ、左手で背中を支えてくれながら左胸に唇をつけた。吸われて乳首がくっくっと引きつる。胸と先生の唇の隙《すき》間《ま》にじわりと唾液が滲《にじ》みでてくる。

……お子ちゃん、と俺をからかった先生の方が母親のおっぱいを吸う赤ちゃんみたいだ。

吸いながら舌で乳首の先を舐められて、快感が全身に響いた。洩れそうになる声を耐えて先生の後頭部の髪に指を絡める。

相手が先生だと思うからこんなに感じるんだろうな、と考えた。男に乳首を吸われて悦《よろこ》ぶ日がくるなんて思いも寄らなかったけど、強烈な気持ちよさで両脚と指先が痺れて震えるのも、情けなく思う反面、敗北感より至福感が勝る。

「……ちゃんとかたくなったな」

先生が口を離すと、俺は呼吸が荒くなるのを一生懸命ごまかした。

「楽しい、の……？」

「楽しいというか面白い」

どう違うんだろう。じっと観察し続けているから、色々試したいのかなと思う。

再び俺の乳首を執拗《しつよう》に舐めたり指で捏《こ》ねたりし始めた先生に身を委《ゆだ》ねておいて、俺は先生の髪を梳《す》いて存分に触るのに専念した。多くもなく少なくもない柔らかい髪は、鼻を近づけて匂《にお》いを嗅《か》ぐとシャンプーの香りがする。男って頭にも独特な匂いがあるのに先生は不思議なほどいい匂いがする。気持ちよさと先生の髪の香りに浸ってぼうっとする。……幸せだ。

「ああ鬱陶《うっとう》しいっ、人の髪を掻きまわすな！」

頭を振って拒絶されて、慌《あわ》てて手を離した。じろっと睨んで乳首をつねられる。

「いたいっ」

「何度言ったらわかるんだ。おまえはなにもしなくていい、まぐろでいいんだよ」

「まぐろ……？」

「セックスの時寝てるだけの女のことだよ」

「俺、男だし」

「男でも同じだ。だいたい俺は頭を触られるのが嫌いなんだよ」

「……ごめんなさい。でもいい匂いした」

「変態」

へ、変態って。

「先生はほんとにフェチみたいなの、ないの。……俺も匂いフェチってわけじゃないけど」

「どうだろうな自覚がない。絵を描くせいかかたちには目がいくけどな。小柄で細いのが好きだよ。くびれがないうえに腹がでてたりするとどんなに可愛い顔してても勃《た》たない。胸が大きすぎるのも駄目。首が太いのも駄目。足首がないのも駄目。手足長すぎるのも駄目。指がむくんでるのも駄目」

「注文多っ！　今大勢の女の人敵にまわしたよ」

「悪気はない、好みだからしかたない。敵にまわしたってそいつら全員俺に抱かれたいわけじゃないだろ、お互いさまだ」

まあそうですね。先生には彼女がいますしね。

「彼女は、全部の条件を満たした人なんだね」

「うるせえよ」

「……先生、俺の身体なんかじゃ勃たないじゃん」

「これから見てやるから黙ってろ」

うしろから背中をつねられた。いてて、と呻《うめ》いているのに先生はおかまいなしに俺の身体を引き寄せて首筋に舌を這《は》わせてくる。

「おまえちょっと汗臭いよ」

「ご、ごめん」

先生に触られるだけで身体がかっか熱するせいだ。そういえば映画とかでよく女の人が〝先にシャワー浴びたい〟とか言うな。言うよ。言うじゃんか。

「せ、先生、俺、今日学校から帰ってそのままだし……風呂とか、入った方が、」

「面倒だからもういいよ」

「臭いって言ったろっ」

「どうせこれからもっと汗かくだろ」

……あ、そうか。いや、でも。と、あたふたしている間にも先生は俺の背中にまわした左手と後頭部を押さえる右手で抱き締めるように支えてくれながら、右耳の下から顎《あご》まで舌で舐めて吸う。首筋とか耳の下、すごく感じる……けどそこ、よく汗かく……。

「美里。俺は匂いに反応するのは変態だって言ったけど、汗臭いのが嫌いとは言ってないよ」

「へ、」

「むしろ香水臭い奴が嫌いだね。女ってこのあたりに香水つけるだろ？　舐めると吐きそうになる」

首筋を噛まれた。歯のかたい感触に驚いて「うっ」と声を上げたけど、先生は無視して両手を下げていく。俺の腰を押さえて軽く圧力をかけながらじっくり上下して胴を擦《こす》るから、身体のラインを見ているのかもと恐くなる。

「……俺の身体、どう、ですか」

切れ切れに訊《じ》いた。俺の左胸の乳暈《にゅううん》に唇を移動させて舐《ねぶ》っている先生は「ン──……？」と返答を焦らして、

「秘密」

と苦笑する。恋しさと興奮が背筋をぞくっと駆け上った。身体を撫でられて音を立てて吸われて、これが嫌じゃないって判断してくれた結果なら嬉しくておかしくなりそうだ。

「先生の身体、俺も見たい」

「だから俺に興味を持つなって」

「先生は俺の身体で試してるくせに、狡《ずる》い」

「えーえー、じゃあもう脱げ、ほら」

怒った先生は俺の身体を倒して制服ズボンのホックとチャックをとき、下着ごと強引に引っ張った。跳ね起きて「ちょっ、ちょっと！」と制止しても先生はいやに器用で、足先からズボンをするする抜いて脱がされてしまう。

先生、と呼びかけたものの、先生はすでに観察モードに入っている。

さすがに恥ずかしい。でも抵抗はしたくない。

耐えないと。……耐えないと。耐えな……。

「ちっさ」

顔が沸騰する。唇を噛んで両目をかたく瞑《つむ》り、両手で拳を握って強張って息を殺した。

こんなところ、他人に至近距離で凝視された経験一度もない。だけど怯《おび》えているのは恥ずかしさのせいじゃない。やっぱり抱けないと、汚くて見たくもないと、先生に嫌悪されることがどうしようもなく恐かった。

「……？　美里、震えるほど見られたくないのか」

「い、え……」

「なら目を開けろよ。口もそんなに噛んだら血がでるぞ。また緊張してるのか？」

……恐る恐る目を開けた。目の前には先生がいて、視線が絡み合った途端愛しさが一気に溢《あふ》れてきて涙がでそうになった。嫌われたくなくて恐くて触りたくてわけがわからなくて、左手を上げて先生の頭の、髪に指を通したら、

「嫌だってさっき教えたろ」

　とすげなく撥《は》ね除《の》けられてしまった。

「なに泣きそうな顔してるんだよ。泣くのははやいぞ」

「……これ、見て気持ち悪く、ないですか」

「気持ち悪いよ」

　きっぱり言われた。

「です、よね……」

「けど小ぶりで可愛いんじゃない？　色も綺麗でグロくないし、おまえはこんなところまで子どもみたいだな。さすが使ってないだけあるよ」

　……え。

「汚ねえ見せるなって、言うと思った」

「いや、大学のサークル仲間に呑《の》むとすぐ脱ぐばかがいるから慣れてる。かえってこんな清らかな中学生みたいなの新鮮だよ」

「ちゅ、中学生……」

　いくらなんでも酷い、と思ったけど、先生が寛容に受けとめてくれたことの方が重大で、安心したら気が抜けた。男、と性が明らかな部分を目の当たりにしても面白がってくれるなら、もういいや。よかった……。

「なるほどね……」

先生はベッドに座る俺の脚を開いて間近で眺めている。また安堵《あんど》より羞恥心が増してきた頃、いきなりむんずと掴まれて息を呑んだ。

「あ、俺ここにいたら顔にかけられるな」

呟いた先生が俺の左横に座って肩を引き寄せ、左手で下を扱《しご》き始める。

うっ、と喉の奥で唸って先生の首筋に顔を埋めて耐えた。こんなふうに寄り添って擦られたらすぐ達《い》ってしまう。力んで、下半身から駆け上がってくる快感を必死で抑えようとするのに、でも先生はなにを思ったのか俺の顔を覗き込んで「こっち見ろ」と呼ぶと、キスしてきた。

そのキスも恋人同士がするような激しいキスで、口を押し開かれて舌を吸われて翻弄《ほんろう》されて混乱した。待って、ストップ、と言いたくて「う、ううっ」と呻いても、呻くほどに先生も強引になってさらにキスに熱を込めてくるから、我慢も虚《むな》しくものの数秒で先生の手を汚してしまった。

口の中に、先生の煙草の味が残った。

「はやい」

……先生。先生。

「なに、おまえ泣いてるの?」

情欲が飛んで平静を取り戻すと、急に意識が冴《さ》え渡って寂《さび》しくなってきた。

先生には彼女がいるのに、男の俺を受け容れてこんなことまでしてくれている。それも今だけなんだと想ったら先生にしがみついたまま動けなくなった。シャツから先生の匂いがする。

「早漏《そうろう》ぐらいで泣くな、面倒臭いから」

「……早漏って、言うな」

「他人に触られるのが初めてならこんなもんだろ。〝気持ちよかった、先生ありがとう〟でいいだろうが」

見返すと、先生は俺の肩を抱いたまま煙たげな顔をしている。手がべったり汚れているのにそこは怒らない。ばかみたいに涙ぐんでいる理由を勘違いしてくれて助かったけど、先生は変なところが優しいいね。

「……気持ちよかった。先生、ありがとう」

教わったセリフをそのまま伝えたら、照れ臭くなって笑ってしまった。目元の涙を拭《ぬぐ》って笑い続けていると、先生は真顔で俺を見つめていたのち俺の下唇を軽く嚙んだ。

「なムっ、」

「じゃあ次は俺が気持ちよくなる番だな」

にやとご機嫌そうに笑んだ先生が俺の身体を横たえて「ちゃんと枕《まくら》に頭あずけて仰向けになれ」と指示する。困惑しつつも言われた通り転がって先生の行動を見ていたら、先生も左側に来て、濡《ぬ》れている左手を俺の股のあいだから奥に差し入れた。

「あっ、先せ、」

指が……ゆ、びが、うしろに。

「美里、右脚上げろ。探り辛い」

すごくいやらしい注文をされている、と自覚してしまうと思考がショートしそうだった。冷静に、冷静に、と自分に言い聞かせて右脚を上げていくと、窄《すぼ》まりの周辺を先生のぬるりとした指先が二周したあと、中心に埋もれていった。

「う、ぁっ」

「？　……ん？」

異物感に下半身を支配されて、先生の異変に言葉を返す余裕がない。

「あれ？　美里、おまえ……」

侵入してくる指が無茶な動きをしたりして痛い目に遭《あ》わないか不安で恐ろしくて、酷く緊張した。冷や汗がでてきて歯を食いしばって先生の胸に突っ伏したら、頭上から声が。

「美里、本当に俺が初めて？　指が二本あっさり入るんだけど」

言うな……！

「おかしくないか。痛いの耐えてるのか？　血とかでてないよな」

「平気、だし……先生がほんとに、初めてだよ」

「なんで。まさかおまえ、自分でいじってたのか？」

……だって。

「お……男は、そこを使うって、聞いたから」

「え、本当に自分でやったのか」

「きょ、興味が、」

「興味があって？　気持ちいいのかなと思って、美里君は自分で尻をいじってたんですか？」

耐えられる限界を超えて、俺は先生の胸に顔を押しつけたままかたまった。ところが先生はこんな時に限って楽しそうに大笑いする。

「あはは、えろいな美里。自分でする時は尻もいじるのか？　先生に正直に言ってみ、ほら」

無意識に息をとめて、頷くことも頭を振ることもできず石になる。

興味だけが理由なんじゃない。そこが好きなわけでもない。

男と……――先生と、したら、どんなふうかと思って、それで。

「こら。おまえ恥ずかしがりすぎなんだよ、ばか」

恋しさと羞恥に追い詰められて窒息《ちっそく》死《し》しそうになっていると、先生が右手で俺の頭を撫でてくれた。おずおず視線を上向けたら、彼はまだ笑っている。

「大胆なんだか純情なんだかわかんねえな。女だって尻好きな奴はいるし、自分で楽しむためにバイブとか持ってる奴もいるよ。気にすることじゃない。広がってる方が俺もらくだしな」

「ば、バイブって……自分で、自分に使うの？　ンなの、どスケベじゃん」

「おまえが言うなよ」とこたえた先生は俺から手を離してベッドを下り、鞄《かばん》の中を探って戻ってきた。その手にゴムがある。

「なんで持ってるんですかっ」

「マナーだろ。貴重なひとつをおまえに使うとは思わなかったけどな」

「そ……そう、ですね」

「一人で尻いじって広げてるくせにゴム見て動揺かよ。おまえの基準が謎だ」

「せ、先生がゴム常備してるってことに驚いただけで……てか、広げてるとか言うなっ」

あははと笑って、先生は自分の服のボタンに手をかけた。「生徒の家で裸になるのは気が引ける」と苦い顔をしながら、シャツを脱いでTシャツを脱いで、上半身裸になる。

インドアな印象だったけど、先生の肌は小麦色で沁《し》み一つなく見惚れるほど完璧なかたちをしていた。痩《や》せても太ってもいない適度な肉づき、二の腕の逞《たくま》しさ、腹から腰にかけての滑《なめ》らかなライン。足の爪まできちんと切り揃《そろ》えられていて綺麗。なにか運動もしてるんだろうか。手も長細くて素敵だし、なんなんだこの人……全部格好よくてむかつく。

「……先生、他人の身体に文句をつけるだけあってスタイルがいいですね」

「男のスタイルがいいって、ボディビルダーみたいなのをいうんじゃないの」

「俺、それは無理」

「俺も無理」

俺の上に跨《また》がって近づいてきた先生が、おもむろにキスをしてくる。先生の剝《む》きだしの腕が自分の腕にちょっと触れるだけでどきっとした。掌で耳横の髪を撫でてよけられるのもさっき以上にどぎまぎして心臓が波打つからじっとしていられず、脚を無意識にもじもじ擦り合わせてしまう。しかもなんか、キスが情熱的で……舌の動きが、えろい。

「先せ、キス……しすぎ、」

「文句言わない」

抗議して離したのに、すかさず顎を戻されてもう一度塞がれた。男相手にこんなにべろべろキスして。舌を絡めてお互いの柔らかいところを音を立てて吸い合いながら「なんで、もう、」と憎まれ口を挟んでいたら、

「好きだからだよ」

と言われて、心臓が跳ね飛んだ。ぴたりと硬直した俺の唇を甘く吸って離してから、先生も不思議そうに俺を見る。

「真っ赤だぞ美里」

「だっ、だって……好きって、」

「キスが、だよ。なに勘違いしてるんだ」

き、キスが……好き。

「なっ、わ、わかってたよそんなのっ。勘違いなんて全然ちっとも、しませんしねっ」

「あーあまた赤くなった」

「なってないっ」

「なってる。勘違いして喜んじゃって、お手軽だねえ」

「喜んでないよっ」

耳をぎゅっとつねられて「いっ、」と竦《すく》んだら、引きつった唇をまた口で覆われた。

俺の上唇と下唇をやんわり吸い寄せて舐めながら、

「……かーわい」

と先生がくっくくっく笑う。小馬鹿にされてるってわかっているけど、可愛い、もそうとう破壊力のある言葉で、俺は結局先生に負けた。

左手で前髪をよけて額《ひたい》を撫でながらキスをされる。口内に自分と先生の唾液が溢れて唇がびしょ濡れになる。唇の端からこぼれる液まで先生が舌先で舐めとってくれて、その舌の動きも唇の端をねっとり味わうようないやらしい動きで、身震いした。

「……ン、だいぶうまくなってきてるな」

褒《ほ》めてくれた。濡れた先生の唇が少しずつ移動して、顎から喉を這って下りていく。左手の指には乳首を捕らわれて、つまんだりそっと押して転がされたり、優しく愛撫される。そのうち口でもぱくと食べてしゃぶられた。

顎のラインも喉のおうとつも、胸も、どこに触れても先生の愛撫は優しかった。

同性の、同じ身体の感度を試しながら観察されている冷淡さも伝わってくるものの、労《いたわ》ろうとしてくれているのもちゃんと感じる。先生と、セックスしてる。

「秋山、せん……せ……」

劣情が再び沸騰してきて、体内の血が滾《たぎ》った。先生の腕を触りたい。背中を抱いて厚さを感じたい。腹のあたりで揺れているあの髪を撫でたい。苦しい。

「秋、や……せん……せ、秋山、せんせ……ぃ、」

肌と肌が一瞬でも擦れ合うと先生の体温が浸透してきて、嬉しくて恋しくて寂しくて、脇腹がびくっとひくついたり「うぁ、」と声が洩れたりしてしまう。

「先せ、……あきや、先せ、」

先生は俺の身体に満足してくれるんだろうか。欲情してくれるんだろうか。できない、無理だ、と中断して終わってしまうんだろうか。

先生を身体でさえも満たせなかったらどうしよう。恐い。

「せ、んせ……」

呼んでいるのに、先生はこたえてくれない。それどころか俺の身体ばかりあちこち撫でて吸って気持ちよくしてくれるから、意識がどんどん欲望に呑み込まれていく。

先生は眉間にしわを寄せてすごく大変そうだ。俺のこと一生懸命抱こうとしてくれている。汗をかいて、赤ちゃんみたいに俺の胸を吸ったり、腹を撫でたりしてくれている。

身体を隅々まで丹念に舐めながらさっきみたいに下を擦られて、気持ちよさと哀しさと恐怖にいっぺんに襲われてまた泣きたくなってきた。

「秋や、せんせ、ぃ、」

先生が俺の左脚を持ち上げて固定し、左手に持ったゴムの袋を口に咥《くわ》えて千切る。

反応してくれたんですかと訊こうとしても意識がおぼろげだし、喉は嵐みたいな愛おしさに圧迫されて声をだせない。先生も肩で呼吸をして、俺の上へ戻ってきた。

「秋山、せ、」

「名前ばっかり呼ぶな」

先生が息苦しそうに苦笑いする。その顔が素敵で堪らなくて、今すぐ、今だけでいいから先生が欲しくて欲しくて抱き締めたいのに、手を払われたらと思うと恐くてできなくて、遠くて哀しかった。……なにがなんだか、もうわけがわからない。せっかくセックスしているのに半端に冷静で、半端に欲求に溺《おぼ》れていて、先生が恋しくなる一方でしんどい。ばかだ、俺。

「〝先生好き〟って言ってみ？　そうしたら達かせてやるよ」

俺をからかって笑う先生も幻みたいに思えてくる。恐る恐る頬に右手を添えたら、下をくっと揉んで刺激されて、思わず目を瞑ってしまった。笑い声が洩れ聞こえてすぐ蕩《とろ》けるキス。

「美里、ほら」

口元で囁《ささや》かれて、上からも下からも煽《あお》られる。

「秋、やま……先、せ……好、あ、き……好き、」

「なに？　わからないよ美里」

「……あ、き、あ……好き。大好、き。……好き、あき、先せ、」

哀しくて気持ちよくて涙がでた。

言葉にしてしまうと感情に鮮やかな色がついて、明確になって、もう逃げられないんだと自覚した。愛しさで胸が千切れそうに痛くて、先生が涙に滲んで見えなくてまた泣けた。

「……アキ、好き、」

その刹那《せつな》、先生が俺の脚を左右に開いて下半身を寄せ、そこにあてがって慎重に最奥へ突き入れてきた。

「いっ、い……先せっ、」

痛さで萎縮《いしゅく》しているところに押し込まれて、鈍痛が酷くなって下半身が震えて右脚が攣《つ》った。それでも先生としたいから離したくなくて我慢した。

「い、痛いばか……」

先生も低い声で呻く。

「締めつけるな、切れる……」

「お、俺も、痛いよ、」

「おまえが穴を緩めりゃいいんだよ……っ」

「そ、そんなこと言われても、わからな――あ、せ、先生も……動かな、で、痛っ」

「リラックスしろって言ってるんだよ、緊張するな！」

「怒鳴られて、リラックスできますか……っ」

「頼むから、深呼吸しろ、」

俺の前を擦りながら先生がすぅはあと呼吸を促す。痛みと気持ちよさの波の中で俺も先生に合わせてすぅはあと呼吸していると、徐々に下半身の強張りが解けていった。でも攣っている脚はまだ猛烈に痛くて眩暈《めまい》がする。

「脚、いたぃ……あき、先せ、」

「大丈夫だ美里、いったんだすから落ち着け」

頷いて見返すと、ぼんやりした視界の先で汗だくの先生が苦痛に顔を歪めていた。

「……ごめ、なさ、」

「ばか、感傷に浸ってないで協力しろよ」

叱るようなキスをして前をぐいぐい扱いてくれながら、先生が俺の中からでていく。

ようやっと離れると、

「おまえのいじり方が足りなかったんだよ！」

早速怒鳴られた。

「バイブ買えよ、太くて畝《うね》って奥まで掻きまわすやつを！」

「う、うね……ンなの、わからな、」

「ゲイなら気合入れて広げておけ！」

「ゲイじゃない……っ」

起き上がって脚を撫でていたら、先生が「どうした」と言うので「攣ったんです」と教えた。先生は仏頂面をしたまま俺の手を退けて揉んでくれる。親指を反らして、土踏まずを押して。

「処女でもここまで痛くないぞ」

「……女の人と、比べないでください」

「おまえがうまく受け容れないからこうなったんだ」

「うまい受け容れ方なんてわかんないっ」

「リラックスしろってことだよ、何回言わせるんだ」

「リラックスしてたつもりだし、痛みに耐えて受け容れました」

「甘い。全然駄目。おまえの尻は全然駄目。まったく気持ちよくない」

……おまえの、という一言が胸を抉《えぐ》った。下手で男で、自分だけが先生を悦ばせられないんだと痛感する。

俺だって先生とセックスしたかった。想い出が欲しかった。

欲しかったよ。

最初で最後、先生が。

「美里」

沈んで俯いていたら、先生が俺の脚をぐいっと引っ張ってきた。「うわっ」と体勢を崩して仰向けに倒れた俺の脚を、容赦なく手繰《たぐ》り寄せる。

「いいか。今日は俺が達くまで離さないからな」

「え」

「当たり前だろ。指三本スムーズに入るようになったらもう一度挿入《い》れる」

身体を起こされて先生の膝に跨がる体勢で座らされた。座り心地のいいかたさをしてる。

「先生が達くまで、絶対にやめない……？」

「おまえも一人で穴拡張するぐらい男としたかったんだろ？」

「しつこいよっ」

「優しくしてやるから」

「すでに優しくない！」

当惑する俺に、先生はむしゃくしゃした苛立《いらだ》ちを浮かべて言う。

「ったく……我慢しろよ、二度とできなくなるだろうが」

世界がとまった。……二度とって、それ。

「また、してくれるんですか」

「違う。慣らしておけばおまえに男の恋人ができた時すんなりできて一石二鳥だろって話だ」

男の恋人……つまり心配してくれているってことだろうか。男なんて先生以外全然興味ないんだけど。

「俺を達かせられなかったら今日このセックスした時間分、追加授業するからな」

「えっ。えー……」

嫌なような、嫌じゃないような。

「なんだよその顔」

複雑な気分で先生を見下ろしていたら、訝《いぶか》しげに責められた。返答に困る。

「ろ……ローションは、買っておく」

「は？　またしろっていうのか」

目だけで訴えると睨まれた。

「おまえ俺を利用する気満々だな。わかってるのか？　〝先生〟だって」

「わかってるよ」

「わかってねえよ……って、俺もすでに同罪だけどな」

息を吐き捨てた先生の眉間にしわが増える。俺を抱くのが嫌なんだろうな、と思う。そもそも生徒と寝るのが嫌なんだ。罪悪感があるって言ってたし。

「ごめんね、先生」

謝ったら不愉快そうに舌打ちして右尻を摑まれた。

「肩に摑まれ」

命令されて、先生の肩に両手を置く。続けて口に右手の中指をねじ込まれて「舐めろ」と言われたから、細長くて綺麗で熱い先生の指を舌を使ってしゃぶったら、しばらくしてから引き抜いて尻の奥に押しつけられた。

「痛かったら言えよ」

落ち着いた思慮のある声で囁かれて、頷いてこたえた。先生の首に両腕をまわしてしがみつくと、湿った指が慎重に進入してくる。

先生の首筋に口をつけて、力みすぎないように両脚の力を抜いて、息を長く吐く。先生の指が俺の呼吸に合わせて埋もれていくのがわかると、よかったと安堵した。

……俺、完全に落ちてるな。男相手に身体の恥部《ちぶ》を晒《さら》して指示されるままこたえて、行動も感情も支配されても嫌じゃない。屈辱《くつじょく》だっていう悔《くや》しさも、先生の顔を見てこの人が相手なんだと理解するとその瞬間許してしまっている。

だけど人生狂ったなんて思わないよ。

先生に会えてよかった。

「秋山、先生……ごめん、ね、」

家庭教師なのにごめんね。

セックス下手でごめんね。

「ごめ……ね、アキ、」

「ばか。謝られると気分悪いから、また〝先生好き〟って喘《あえ》いでろよ」

鬱陶しげに言った先生が、俺の上半身を抱えてゆっくり横たえてくれる。頭に枕の柔らかい感触と、下に指が増える感覚。

「……好き、です。秋や、せん、せ、」

下半身を押し上げる圧迫感に耐えて伝えると、鋭い目をした先生が口を寄せてきた。

「好……秋、せん、アキ、好き。……好き、」

言いたくないのに、この言葉に解放感がひそんでいるのを知っている。

「ア、キ……好き、」

戯《あざ》ればんだ狡猾《こうかつ》な告白の合間にキスを続けた。

先生の唇を今汚しているのは自分の唾液なんだと思った。先生はやっぱり煙草の味がする。煙草は吸ったことないけど先生の口の苦みは好きだ。

舌を先生の舌に丸め込むようにして吸われて、俺も同じようにこたえて、口内で舌を絡め疲れると、やんわり離れた先生の唇が、今度は俺の上唇と下唇を甘く弄《もてあそ》ぶように舐めてくる。

俺の中でとまっていた指が、たまに思い出したように上下しだすと、先生もキスに夢中になってくれているんだ、と知った。嬉しくて、俺も先生の煙草味の唾液をもっと味わいたくて、舌を差し入れて先生の舌を欲すると、嫌がらずに差しだしてくれる。

「好き……大好き、アキ、」

愛しさで感情が昂《たか》ぶって先生の腕に手をかけたら、先生も右手で俺の頭を撫でながら口を大きく開いて噛みつくようなキスを返してくれた。

そのまま指を抜いて俺の脚を開いて、位置を確認しつつ腰を寄せる。

「恐がるなよ」

目を見て真剣な表情で言われた。

うん、と頷いたら先生が唇を引き結んで、俺の中に少しずつ身を沈めていって、なんとか半分以上入ったあたりで、はあ、と大きく息を吐いて、脱力したように俺に覆い被さってきた。

背中に手をまわして抱きとめたら首筋を舐められて、「あ、ン」と声がでた。この声を掬《すく》うようにまたキスをされる。

口を重ねて、先生が角度を変えるのに合わせて自分も首を傾《かし》げて先生の唇を舐めていると、恋人同士みたいな甘い会話をしている気がした。想いを込めて先生の下唇を甘噛みすれば、先生も仕返しみたいに俺の口の端を強く吸ってくれる。その合間に先生が腰を進めると、欲望に容易《たやす》く火がついて痛みは掻き消えていった。

「せん、アキせ……違うっ、」

「ん？　ここは痛いか……？」

ぐ、と刺激された瞬間、無意識に先生の身体に両脚を絡めて抱きついてしまった。

「ちが、気持ち、……気持ちい、アキ、」

「ならいいだろ、なにが違うんだよ」

笑われた。言いたいことが、うまく言えない。

「さっき、と……全然、違って、気持ち、ぃ……って、意、み、」

「ああ」

納得したのか、先生は俺がいいと教えたところを何度も突いてくる。突かれるたびに甘美な波が下半身から上ってきて、脳までじりじり痺れた。

どろどろに溶けた意識の狭間《はざま》で、もう無理、と思った時、

「……俺もやっとよくなってきたよ、美里」

と、吐息を耳に吹きかけられて理性が砕けた。

先生が自分の身体に感じてくれていると思ったら駄目だった。至福感に思考を乗っ取られて完全に壊れて、好き、アキ、もっとして、と懇願《こんがん》しながら先生の口を吸って背中を掻き抱いて腰を振った。淫乱《いんらん》かも、と我に返りそうになっても無視した。どうでもよかった。淫乱でもだらしなくてもよかった。好きだという想いに今だけはただ溺れてしまいたくなった。

「アキ、好き……アキ、アキ、」

先生も気持ちよさそうに息を吐いて、俺の口や耳たぶを舐めつつ腰を進める。

「アキ、俺の中、で達って……俺で、いって、」

「わかったから」

黙れ、と続けて口を噛まれた。

ほとんど泣きながら縋《すが》りついて哀願していた。男でも許して、と。

絶頂が訪れる頃には、時間や周囲の情景や外の音や、友人や両親や常識や、自分を取り巻くなにもかもが遠くなった。

自分の両腕の中に他人の体温がある。耳に自分とはべつの人間の息がかかる。恋しい愛しい人がいる。欲しい、この人が。

「……アキ、」

果てる瞬間、朦朧《もうろう》とする俺の目の前に先生がいた。

おぼろな俺の視界に、恋しくて恋しくてしかたない秋山先生だけがいた。

＊＊＊＊

――遠いような、つい昨日のことのような、五年前の記憶だ。

顔を前方に固定したままの姿勢で視線だけ壁掛け時計に向けると、午後四時三十八分だった。

「酷かったなあ……あの時」

アキが絵を描きながら苦笑する。

「優しくしてやらなくて悪かったよ」

「……ううん」

自分もわずかに苦笑して返す。表情を変えたらまた〝モデルなのに〟と怒られるから。

ここはアキのお絵描き教室の隣室にある物置兼アトリエで、キャンバスやスケッチブックや紙や絵の具や筆が棚に綺麗に整頓して置かれている。窓が一つあるだけの室内の中央に、アキは自分専用のイーゼルを置いていて、常に仕事とも関係ない趣味の絵を描き続けているのだそうだ。

一つ絵を描くと色を何度も重ね続けて、これ以上手をつける必要はないとようやく判断したら次の絵をまた描き始めるという。

『自分の日々の生活の中に未完成の絵があると、目に見えない生き物と一緒に生きている気がするんだよ』と、先月会った時に聞かせてくれた。

以前パン屋さんだったこの教室はアキの住んでいるマンションの隣にある。再会してから時々、俺はここに来てアキに絵を描いてもらっていた。アキの部屋にはあれ以来入っていない。

「美里にひとつ弁解させてもらうと、俺はちゃんと注文された通りひとみと違うように抱いたからな」

「……酷く？」

「いや」

右手のパレットから色を掬ってキャンバスにのせると、アキが続ける。

「キスの数。——美里の唇の厚みと小ささが、好みだった」

だった、という過去形が一際明晰《めいせき》に聞こえた。

窓から梔子色《くちなしいろ》の夕日が降りて、アキがいる足下の床を照らしている。サンダルを履《は》いた足の指の爪の綺麗さ、ジーンズに隠れた膝のかたさ、筆を小刻みに動かす細長い指、逞しい腕。

口の中に煙草の苦みが蘇《よみがえ》る。

「悪い、変な話したな。やめよう」

アキはまた情けなさそうに苦笑いした。

「美里はこのあと用事があるんだっけ。デート？」

そうして話題を変えると、俺の目を見返した。

うん、まあ、と濁して俺は笑い返す。

「アキはお絵描き教室だね。そろそろ生徒さん来るかな」

「そうだな。……ああ、もうこんな時間か。準備しないといけないな」

パレットと筆を置いたアキがうーんと伸びをする。両腕や腰を捻《ひね》ってストレッチするから、

「おじさんみたいだ」

とからかったら、

「おじさんだよ。生徒にもおじさんおじさん言われるしな」

と肩を竦めて認めた。

「二十六でおじさん?」

「五、六歳の生徒からしたら充分おじさんだ。美里もな」

「俺まだ二十三なのに」

「おまえは小学生の頃、高校生って大人に感じなかった?」

アキに言われて「ああ」と思い当たる。

「そうだね、高校生って大人に見えた。学校にお金持っていってジュース買ったり、帰りに街に遊びに行ったりするのが、すごいなって」

「だろ? 今考えれば全然子どもだけどな」

「うん……子どもだね」

くだらない偶像視だ。幼い目には自由で自立した大人にうつる人間も現実には未熟なまま。

——じゃあ今も俺たちは、生徒さんたちに大人に見えるだけの子どもなのかな。

そう訊こうとした口は重く、開かなかった。

「また好きな時においで」

「……うん」

アキは会うことを強要しないし、約束もしない。

俺の仕事を考慮して、締め切りが明けたり、息抜きが必要になったりした時に来ればいい、と言う。自分はいつでもここにいるから、と。

未完成の俺の絵と共に生きながら。

「彼と仲良くやれよ」

アキが絵の具の染みのついたタオルで手を拭きながら微笑する。

「……ありがとう、アキ」

五年前俺たちは子どもだった。でもそれだけじゃない。

――おまえが女ならよかったのにな。

あの言葉こそ、アキが見いだした俺たちの恋愛に対する結論だったんだと思う。

アキが男の俺の想いと身体を受け容れてくれたことも、無力さに嘆《なげ》いて自分を追い詰めるほど想ってくれたことも嘘じゃない。信じている。あれは確かに俺たちのあいだにあった生涯永遠の尊い日々だ。

けれど一緒にいようとすれば俺は、現実の過酷さに直面するたびアキに『女ならよかったのに』と思わせてしまう人間なんだろう。

俺が女じゃない限り、いくら大人になろうとも同じことを繰り返す。

俺はアキを幸せにはできない。

アキがちゃんと女の人と恋をして、友だちからもお母さんからも世界からも祝福される幸福な人生を得てくれたらいいなと想う。そう願えるだけの光り輝く時間は充分にもらった。

アキと育んだ時間が刻まれている俺の人生は、太陽の強い日差しに常に照らされているような目映《まばゆ》いものだ。

アキとのあの恋がなかったら、俺は感情の希薄な空っぽの人間のままだっただろう。情を持たぬまま自己中心的な価値観で他人に非道な接し方をしていた気がするし、想い合う恋人たちを見ても祝福なんてできもせずに羨《うらや》んで妬《ねた》むだけだったんじゃないかと思う。きっと心の貧《まず》しい、他人に思慮深くあれない寂しい人間に成り下がっていったに違いない。

アキが俺の外見や性格や身体を褒めて撫でてくれたから、自分自身に自信を持てた。

〝ここにいてくれて嬉しいよ〟とアキが存在を肯定してくれたから、自分の命の意味を感じられた。生きるのに必要な感情のすべてをくれた、初めての人だった。

そんな大事な、俺の太陽である人が、今後の人生を幸せに生きられますように。

俺がもらった何千倍もの幸福がアキに訪れますように。

二度と傷つかないでほしい。無力だなんて思わない恋をしてほしい。

もらうばかりでアキになにも返せなかった悔しさは、俺が死ぬまで抱えていかなくてはならないものだ。

「じゃあ、そろそろ帰ろうかな」

椅子を立ってコートの袖《そで》に腕を通した。マフラーを首に巻いて鞄を持つ。

「お絵描き教室、頑張ってね」

「ああ」

ドアの前に移動してノブに手をかけると、ひんやり冷たい。

アキは絵の具を片づけていて振り向かない。

あの日と同じだ。

「また、ちゃんと来るね」

自分から約束を口にしたら、アキが頭だけこちらに向けた。

「……ああ。気をつけて帰りなさい」

微笑《ほほえ》んで頷いてくれたのを見て、俺も頷いて返した。

アトリエをでて隣室のお絵描き教室に並ぶ小さな机と椅子を横目に出入口へ近づくと、ちょうど男の子の生徒さんが入ってきた。

「こんばんはー」

元気な挨拶《あいさつ》をくれる。

アキがちゃんと教育してるのかな、と微笑ましい気持ちになりながら、俺も、

「こんばんは」

とおじぎをして、お絵描き教室をあとにした。

口無し色

神さまの器《うつわ》だ。

左横に座っているマリ子ちゃんのお腹が丸々と膨らんでいるのを見つめていてそう思った。

女性の身体は神さまの器だ。

「それにしてもマリ子は美人になったなあ……」

俺の正面に座っているアキがビールを呑みながらしみじみ感嘆する。

「いやだアキ先生。わたしは人妻ですからね、口説かれても困りますからね」

「安心しな、そんなことしないから」

「どうだか。わたしアキ先生は手がはやくて節操なしって印象強いからなーああ怖い」

「たとえ手がはやくて節操なしでも相手ぐらい選びます」

「なっ、それどういう意味よっ」

がたっと椅子を立ったマリ子ちゃんがアキの頬をつねる。

「いたた。こら離せ、じゃじゃ馬」

「痛がるといいわ！」

週末の居酒屋の店内が賑《にぎ》やかだからといって、はしゃぎすぎるのはよくない。

マリ子ちゃんもアキも口喧嘩しているわりにとても楽しそうに笑ってじゃれ合っているから、俺はやれやれと息をついて二人を宥《なだ》めた。

「落ち着きなよ、もうー……」

まともに会話を交わすのが初めての二人とは思えない。

この面子《メンツ》で会うのは、五年前にうちの玄関先で数分話をした日以来二度目だ。またいつか三人で会いたいね、とアキと何気なく交わしていた約束が実現したのだ。

たぶん俺とアキの社交辞令じみた口約束だけだったなら、徐々に風化していったと思う。

マリ子ちゃんに『アキのお絵描き教室の展示会に行って、久々にアキと会ったよ』と打ち明けて、その後彼女が『みんなで会おうよ、時間あけるから！』と積極的に動いてくれたから今夜に繋《つな》がった。

「マリ子ちゃん妊婦なんだから、暴れないで座って」

「ちょっと美里君、病人扱いしないでよ」

「身体は大事にしないと駄目でしょうが」

「美里君は神経質すぎっ、うちの親みたい！」

……心配しているのに非難されるなんて理不尽だ。

大きなお腹を庇《かば》いつつ椅子に座りなおすマリ子ちゃんを俺も横から支えて手伝っていると、

「美里はそんなに世話焼きだったっけ」

とアキに訊かれた。箸で魚を突きながら薄く微笑しているアキに、苦笑して返す。

「妊婦の身体は気づかうよ」

「ふうん……？」

マリ子ちゃんがすかさず、

「あ、今アキ先生は妬いたよ」

とにんまりして俺に擦《す》り寄ってきた。

「アキ先生は前もわたしに妬いたもんねー？」

ひひひ、とからかって笑うマリ子ちゃんに戸惑ってしまう。前も、って、五年も昔の出来事をそんな最近っぽく表現されると違和感だ。

「アキの方が面倒見がいいよね。お絵描き教室の先生だから」

ポテトのチーズ焼きに箸《はし》をのばして話題を戻した。

「えー？　美里君、家庭教師してもらってた時に散々いじめられたじゃん」

「アキは厳しいだけだから」

「はあ？　『男相手なら妊娠しないし都合いい』って暴言吐いたような人があ？」

がくりと項垂《うなだ》れるようにしてアキが頭を垂れる。

「……今のマリ子にその言葉で責められると心苦しい。すみません、若かったんです」

マリ子ちゃんは「苦しゅうない、面《おもて》を上げよ」とまたにやにやしてからかった。

確かにあの言葉は酷かったけど、その通りだしなと俺は思ってしまう。子どもも結婚もできない同性であることは浮気とも認識できず、無意識のうちに俺たちの免罪符《めんざいふ》になっていた。

それにアキは物言いがストレートなだけで、常識的で嘘をつかない優しい人だ。優しいから俺の〝抱いてほしい〟という願いを叶えてくれていたんだし、恋心に気づいても理解しようとしてくれた。嫌というほど知っている。

過去の記憶が蘇ると、店内に反響する他人の笑い声やグラスや皿の立てる音が遠くなった。

「美里、腹でも痛いのか」

ふいに呼ばれて顔を上げると、アキが心配そうな表情でこちらを見ている。俺は目の前にアキがいるのをなんだか不思議に思いつつ、「ううん」と頭を振った。

「ねえねえ、二人って再会してから何回ぐらい会ってたの？」

ウーロン茶を飲んだマリ子ちゃんの問いに、

「三回かな。俺が美里の絵を描かせてもらってるから」

とアキがお刺身を食べながらこたえてくれる。

「三回？　たったの？　再会したのってもう何ヶ月も前じゃなかった？」

「お互い忙《いそが》しいしな」

「うわーアキ先生のくせに遠慮がちなセリフ。今から来い、って電話して一方的に切ったりしそうなのに」

「……そのイメージなんとかならないのかよ。おまえともっと深く付き合う必要がありそうだよな、っとに」

「あ、やっぱり口説いてきた」

「ないから」

「即答されるとそれもむかつくー」とマリ子ちゃんがむくれて、アキも「どうしたいんだよおまえは」と呆れた。

「ていうか、今アキ先生に彼女がいるって本当?」

続くマリ子ちゃんの質問に、アキは一瞬だけ俺を見遣《みや》って〝言ったのか〟というふうに苦笑を洩らす。

ごめん、と俺が謝罪するより先に、

「別れました」

とアキがこたえた。

「だよね、なんかそんな気がしてた」

マリ子ちゃんはすんなり納得してしまう。

え、と言葉を失って動揺しているのは俺だけのようだった。

「彼女とはもとから恋愛って感じじゃなかったからな。高校の同窓会で会って、昔好きだったのよって言われて、なあなあに続いてただけっていうか」

「何年ぐらい？」

「三ヶ月程度だよ」

「ふうーん。ありがちな始まりだったんだね」

「俺は最初に〝好きになれないと思う〟って言ってたしな」

「美里君がまだ好きだからって？」

目を細めてマリ子ちゃんを見るアキが、苦々しく笑って煮物の人参《にんじん》を口に入れる。左側の頬に入れてゆっくりとしっかり咀嚼《そしゃく》して喉に通すと、ビールを呑む。

騒がしい店内の片隅で、俺たちのテーブルだけ沈黙が流れた。

「ねえ、あのさ、不躾《ぶしつけ》だってわかってるけど――……二人はこれでいいの？」

マリ子ちゃんの声が躊躇《ためら》いがちに洩れた。

「わたしは二人を見てきたんだよ。アキ先生と会った回数は少ないけど美里君から色々聞いてきた。別れたあと美里君が沈んでたのを励《はげ》ましてもきたんだから。……難しい恋愛だっていうのは苦しいぐらい伝わってくるよ。親にも理解してもらうって、わたしでさえ旦那の親に挨拶に行く時緊張したからその何倍も大変なんだろうって想像つく。でも本当によかったの？」

マリ子、とアキが制してもマリ子ちゃんは無視した。

「わたしは二人が好きな人と結ばれてくれればいいよ。二人を大事な友だちだと思ってるから、ちゃんと幸せになってほしいの。アキ先生は今誰が好きなの？　幸せなの？　ねえ美里君は？　シーナ君って最初から強引だったじゃない、本当に好き？　絆《ほだ》されただけじゃない？　同情しただけじゃ、」

「――マリ子、やめろ」

アキの声に鈍い怒気が含まれていた。

「美里を責めるのはやめろ」

俺は視線を下げたまま息を詰めていた。なにも見ていなかった。アキがどんな顔をしているのか想像していた。昔幾度も目のあたりにした俺を叱る時のアキの厳しい優しさを思い返して、その記憶の中のアキを凝視していた。やがてだんだん意識が現実に戻ってくると、正面にいるアキの右手の、薬指の指輪がそこにあった。

「アキ先生の、ばか……っ」

マリ子ちゃんの泣きそうな憎まれ口が三人だけのテーブル席に重苦しく響いて、居酒屋の雑音の中に紛れて消えた。


九時を過ぎる頃、マリ子ちゃんが帰ると言うのでみんなで店をでた。

十二月の夜は寒く、風が強く吹いた途端三人揃って身を竦めてしまって、笑い合った。

「ごめんね。久しぶりだしもっと一緒にいたかったんだけど、こんな身体だから心配されるのよね」

「マリ子ちゃんの旦那さんは優しいもんね」

「妊娠してからは美里君より過保護かもね。自分がいればいいけど一人で夜出歩いてほしくないって言うの。——あ、わたしタクシーで帰るから大通りまで行くね」

歩きだしたマリ子ちゃんに、俺とアキもついて行く。

「そういえば昔話ばっかりで肝心《かんじん》なマリ子ののろけを聞いてなかったな。旦那とはどこで知り合ったんだ?」

「わたし高校卒業してすぐ就職したの。そこの上司が彼」

「上司か。いくつ?」

「当時三十四歳で、今は三十六かな」

「若いの摑まえたな」

「そうなの、ロリコンでしょ?　もうね、入社式から一目惚れしてたとかでわたしにぞっこんだったんだから。『会社は仕事をするところですよ』って怒っても駄目なの。余計ヒートアップしちゃって毎晩呑みに誘われてさ、この人強引な人だなーって思ってた」

俺が「マリ子ちゃん最初困ってたよね」とのっかって苦笑すると、「困った困った」と唇を尖《とが》らせて頷く。アキは「はは」と笑った。

「でも今振り返ると、美里君に愚痴《ぐち》ってたのもはしゃいでたからだろうなって思うよ。靖彦《やすひこ》さんの話がしたくて美里君に相手してもらってたっていうか。あ、靖彦さんって彼のことね」

「幸せそうだな。会社は辞めたのか？」

「ううん。産休制度があるからお休みもらってる。復帰したあとのことが不安だけどね。同じ仕事させてもらえるのかとか、自分より仕事ができるようになってる後輩に邪険にされないかとか。入社して一年程度で社内恋愛で結婚して産休して、女子の先輩には嫉《ねた》まれてるし」

「悪いのは計画性のない男の方だろ」

「あっはは。ほんとそうだよねー、今度会ったら言ってやってよ。でも靖彦さん仕事はできる人で、社長にも一目置かれてる上司だから社内的には円満だよ。ちゃんと復帰してまた頑張りたいな。わたし広報だったんだけど、やりがいがあって楽しかったから」

暗い路地を歩きながら、アキとマリ子ちゃんの会話を聞いていた。

アキが広報の仕事について訊《たず》ねると、マリ子ちゃんは「商品の宣伝をしたりするの。雑誌に広告掲載の依頼をしたり」などと教えながら「外部の人と会うことも多いから、靖彦さんが嫉妬して大変だったんだー」と旦那さんへの想いをさり気なく織り交ぜる。

なにを話していても着地点が靖彦さんで、マリ子ちゃんが旦那さんのことを常に考えているのが垣間《かいま》見《み》えるから、のろけってこういうことだなと感じ入る。アキもそう思っているのか「へえ」と相槌《あいづち》を打ちながらおかしそうに笑っていた。マリ子ちゃんだけはいたって普通に日常会話をしている体《てい》だ。

幸福って、その人の身体や言葉から無意識に滲みでてくるものなんだ。

ならば自分はどうだろう。

「よかった、タクシー簡単に摑まりそう」とマリ子ちゃんが呟いた。

駅前の商店街にでると突然人ごみと雑踏に包まれた。

「わたしのせいで早々にお開きになってごめんね。アキ先生と美里君はもっとゆっくりしていって。このあとまたどこかで呑んだら?」

アキがマフラーを巻きなおしながら空を仰いで「そうだなあ」と曖昧《あいまい》に返答する。

その時マリ子ちゃんが手を上げてこちらに向かってくるタクシーに合図した。ウインカーをだして停車してくれたタクシーに、お腹を抱えて近づいていく。開いたドアから乗り込むと、俺たちを見て微笑んだ。

「二人で遊んで帰りなね。あとで美里君に電話して、どこ行ったのーなに話したのーって探り入れるから」

「おまえたちはほんとツーカーだな」

「親友ですから」

うふふ、と笑うマリ子ちゃんはお茶目で、アキが言っていた通り昔よりずっと美人だった。

大好きな人と二人で生きて、愛し合って宿した命を育んでいる女性の、幸福が光る美しさ。

つけた。

「気をつけて帰ってね」

俺が言うと、

「うん、心配しないで。家の近くに行ったら靖彦さんが迎えに来てくれる約束だから」とマリ子ちゃんが笑む。その笑顔と身体からまた、自然と溢れでる温もりのような輝きを見つけた。

「じゃあおやすみ、美里君アキ先生。またね」

俺たちも「またね」と挨拶をして手を振ると、ドアが閉まってタクシーが走りだした。後部座席でマリ子ちゃんが振り向いていつまでも手を振る姿を、俺たちは笑って見送った。やがて遠退いて小さくなって、タクシーが角を曲がって見えなくなってしまうと、ふいに名状し難い喪失感が押し寄せてきた。

空は暗くて、でも街は賑やかで明るくて、なのに風が肌を冷やして心細くしていく。マリ子ちゃんの存在は偉大だ。冬の寒い街の真ん中で、俺はアキと二人でいながら親とはぐれた子どものような心持ちになった。

「行こうか」

アキが身を翻《ひるがえ》して歩きだす。

「うん」

どこへ行くというのだろう。これ以上、いったいどこへ。

あてどなく歩いていくアキに、自分もついて行く。行き交う他人の足音ばかりが鼓膜を突いてきて、自分たちは終始無言だった。

俺は今までアキとどんなふうに会話をしていたんだったか。

家庭教師の頃は俺が雑談しようとすると突っぱねられた。アキのプライベートに立ち入るような話題を持ちかけるたびに『勉強する気あるのか』と怒られて。……いや、違うな。そういうことじゃない。

さっきまではどうだった？　マリ子ちゃんとアキはどんなふうに笑い合っていた？　自分の絵を描いてもらうためにお絵描き教室のアトリエにいる時は？　あの五年前の三日間は……？

「美里、マリ子のお腹気にしてたな」

「え。……そうかな」

沈黙を切ってくれたのはアキだった。

「マリ子の妊娠になにか思うところがあるのか？　例の先輩のこととか」

「まさか。マリ子ちゃん本人があんなに幸せにしてるのに、俺がわざわざ過去のことを掘り起こして気に病むわけないでしょう。元気な赤ちゃんが産まれたらいいなって思ってるし、俺もはやく会いたいよ」

「じゃあ彼氏になにか言われた、とか？」

アキの声で〝彼氏〟と聞くと、言いようのない違和感が芽生《めば》えた。

「なにかって」

「子どもが欲しいな、とか」

アキにこそ、そんなことを言われたくない。

「シーナは性別のことを口にしないよ。差別的なことも、異性愛者と自分たちを比べるようなことも絶対に言わない。……不自然なくらいさけるから、要は気にしてるってことなのかもしれないけど」

「そうか。大事にされてるんだな」

アキの声色は優しかったけど、どうしても皮肉めいて感じられた。

シーナには付き合い始める前に、アキの〝おまえが女だったら〟という言葉も教えていた。

告白された時『俺は絶対に言わない』と怒鳴られて『信じてほしい』と訴えられながら掴まれた腕の痛みもよく憶えている。アキにそっくりの逞しい腕と大きな手だった。

今、俺のトラウマはシーナのトラウマにもなっているんだと思う。互いに気づかいながら同性愛という現実に触れないように、俺たちは怖々と関係を保っている。

俺はマリ子ちゃんみたいに、恋人の話をしていても幸福な空気をだせていない。

「彼、シーナさんっていうのか」

「ああ……それはみんなに呼ばれてるあだ名。椎名正孝《しいなまさたか》って名前だよ、俺より一つ歳下」

「そう」

俺の声色はアキにどんなふうに聞こえているんだろう。なんで俺はシーナの名前をこの人に教えているんだろう。

「美里、今夜はおまえももう帰るか。仕事忙しいって言ってたろ」

「え、まあ……」

「またいつでもアトリエにおいで、待ってるから」

「……うん。わかった」

足をとめて向かい合った。微笑んでいるアキが「じゃあな」と言い、俺も頷いて「うん、また」とこたえる。

俺とアキの家は駅を挟んで反対方向にあるから、ここで別れることになる。俺が先に身を翻して、数秒遅れてからアキも歩きだした気配があった。

「美里っ、」

やがて少し大きな声で呼ばれて、はたと振り向いたらアキが両手をコートのポケットに入れた格好で立っていた。

「来週の火曜空《あ》いてるか」

「来週の火曜？　夜、予定があるけど……」

「そうか。——そうだよな」

眉を下げて苦笑するアキの唇から、白い息がこぼれた。

五年前のあの雪の夜はアキの心が手に取るように理解できた。一分一秒わずかな誤差もなく自分とアキの心が同じように動いて、同じ方向を見ていて、自分たちは一つだと想い合えた。でも今は互いのあいだに灰色の靄《もや》がかかっているみたいに曖昧だった。

「夜遅くなってもよければ、会えるよ」

俺がこたえると、アキは小さく唇を開いて、俺を見つめたまましばらく黙していた。

「……なら、携帯電話に連絡くれれば迎えに行く」

「うん……わかった」

約束をすると、アキは二度頷いてから背を向けて人ごみに紛れて去っていった。

アキには〝誕生日プレゼント欲しい〟やら〝家へ連れていってほしい〟やらと色々強請《ねだ》って全部叶えてもらっていたのに、俺は一度もお返しをしていなかった。好きで好きで追い詰めて困らせたくせに、ささやかな感謝すら一度も返せていない。

今度はちゃんとプレゼントを用意しようかと考える。

来週火曜の、クリスマスイブまでに。

愛色

　次に会う約束はしない、と決めていた。

　ところがつい誘ってしまったイブの深夜、教室のアトリエへ来てくれた美里と二人でケーキを食べていたら、また会話が思いがけない方向へ流れた。

『アキは一枚の絵にどれぐらい時間をかけるの』

　イーゼルにある描きかけの絵を眺めて、美里が訊いてきたのが発端だ。

『あの絵、最初に来た時からずっと途中のまま置いてあるよね』

　指摘された絵は初夏の夕方にこの部屋の窓から見えた夕焼けだった。雨上がりの空に広がった炎のような緋色《ひいろ》の雲を眺めていたら同じ色をつくりたい衝動に駆られて、黄と赤と茶系の絵の具をキャンバスに塗って重ねた。雲のかたちを縁取りながらざっと塗ったら満足したから、町並みは薄灰色の影のままほとんど手つかずで残っている。

『なんとなく描いた絵だからな。完成があるのかすらわからないよ』

『完成がない？』

『未完成の絵があるといいってこの前も教えたろ？　趣味で描く絵は描き上げても気紛れに修正し続けたりするんだよ。時間が経てばその時の自分が満足するかたちにする繰り返し』

『……無理矢理終わらせて後悔したりする必要のない作品なんだね。でも、はやく描かないと記憶した景色を忘れていかない？』

『記憶から薄れたとしても忘れはしないよ。描きたいと思うほどの景色だったなら尚更』

ふうんと俯いた美里はなにか考えながらチョコケーキを頬張った。唇についたクリームに気づかずかたい表情をしている。美里も今や創作家だ。なにか思うところがあったのだろうか。

横顔を見ていると、迎えに行った時ケーキの箱をかかげて『もう食べちゃった？』と苦笑いした姿が脳裏を過《よぎ》った。彼氏とも食べたんだろうにわざわざ買ってきて笑ってくれた。

机の上にあったティッシュ箱から二枚抜き取って『口についてる』と美里に放ると、美里ははっとして照れ臭そうに拭き取った。輪郭や体軀《たいく》や、外見は全体的に細く引き締まって成長しているのに、仕草や言動には十八の頃のあどけなさが時折見え隠れする。

『……アキ。今描いてくれている俺の絵も、仕事じゃないから完成はないのかな』

〝絵の完成を求めながら俺たちは会い続けないといけないの〟――そう聞こえた。

美里の瞳がやけに深刻そうに揺れて、俺は苦笑しつつケーキの苺《いちご》にフォークを刺す。

『今教えたじゃないか。あの夕焼けにはもう二度と会えないけど、俺の記憶の中に残ってるから描ける。おまえの絵も同じだよ』

甘いクリームのついた苺は酸っぱくて、俺が顔をしかめて食べていると美里はしばらく黙していたのちに再び唇を開いた。

『……アキの絵の中で、俺は歳をとらないんだね』

『写真と同じようなものだからな』

『でも俺は一分一秒変わってるよ。髪だってのびるし、アキの絵からどんどんずれていく』

『そういえば高校の頃は髪染めてたのに、今は黒いな。べつに俺の絵は気にしないで好きにしたらいいよ』

『染めたらヤンキーだってばかにするだろ』

『するけど』

美里が俺を睨んでくるから、ちょっと吹いてしまった。むっと唇を曲げてむくれる顔が昔のまんまだった。子どもが拗《す》ねているみたいに可愛らしい。

『あまり時間をかけたら、モデルをする意味がないんじゃないかって思ったんだよ』

『じゃあなるべく頻繁《ひんぱん》に会うようにするか。美里が決めていいよ』

美里はもうあまり俺に会いたくないんだろうなと、ケーキを千切りながら考えた。好き嫌いの単純な理由ではなく、過去は過去、未来は未来としてすでに進んでいるからだ。

俺たちが会い続けているのは美里の絵を描く約束のためだが、それはほとんど俺のエゴでしかないんだろうと自覚している。

『これから年末年始、アキは忙しいでしょう』

美里の態度や声は静かで、高校生の頃のような覇気《はき》が薄れている。その他人行儀ともとれる落ち着きや冷静さに五年の歳月を感じる。

『教室も冬休みに入るから、年末年始の方が時間はあるよ』

『初詣《はつもう》でとかは？』

『行きません』

『え、行きなよ。一年の始まりぐらい参拝しておかないと気分悪いでしょう』

『神さまがなにを助けてくれるんだよ。自分を救うのは自分か、信頼してる人間だけだろう？見えない相手に縋ったり怯えたりしても意味はない』

ぐ、と美里が言葉を詰まらせた。

『……一年間幸せに過ごせますようにってお祈りしたら安心できるのに』

『昔行ったこともあるけど、五列にも六列にもなって何時間も他人の後頭部を見ながら並んで苦痛だった憶えしかないな。ちっとも幸せになれなかった』

『必要な苦行なんだよ、苦痛のあとに幸せを得られるんだろっ』

『ああ言えばこう言うか』

『駄目だ……アキは駄目だ。絶対罰が当たる』

『罰ね。今年も初詣でに行かなかったのに美里に会えて嬉しかったけどな』

美里は面食らって目を見開いたあと、困ったように苦笑いする。

『……俺も嬉しかったけど、それとこれとは違うでしょ』

『おまえは頑《かたく》なだ』

誘うんじゃなかった。唐突にそう後悔した。

美里はケーキに視線を落として五ミリ程度に薄く削《そ》いでから緩慢な動きで口へ運ぶ。

『ちみちみ食べてるなよ』

額を押してやると、かくんと首を傾げて目を瞬《しばた》いた。

『〝神さまを罵るくせにイブに誘ったのはおまえだろ〟って怒ればいいじゃないか』

『……え』

『クリスマスはキリストの誕生日だろ？』

『ああ』

『〝忘れてました〟って顔だな。大丈夫か？　もう二時半だし眠たいか。それ食べ終わったら家まで車で送ってやるから辛抱しろ』

『全然眠くないよ』

ケーキの最後の一欠片《ひとかけら》を口に入れた美里は、大げさにもぐっもぐっと咀嚼して笑った。

細い指が乾燥してかさついていた。唇の端は少し切れて、暖房のせいか瞳は潤《うる》んでいた。

『――ねえアキ。アキが初詣でとか行かないなら、二日に会いに来てもいい』

『二日？　べつにかまわないけど忙しいんじゃないのか』

『ううん。年始は仕事しないし、一日に初詣でを済ませる予定だから平気だよ』

彼氏はどうなんだろう。

『美里の都合に合わせるよ。俺はここにいるから連絡くれれば迎えに行く』

『わかった』

俺もケーキの最後の一口を食べて紅茶を飲んだ。美里はどこかほっとしたように微笑して、遠くのものを見る目で俺を眺める。

『……このアトリエに出入りできるのが、なんか信じられないな。アキが絵を描いてる姿を普通に見ていられるのもやっぱり不思議な感じだよ』

やたら俺の家に来たがって〝絵を描いてるところを見たい〟とせっついてきた美里が、当時実際うちへ来て絵を描く俺の横にいたのはたった一度だけだった。

『不思議か』

俺には美里だけが幻めいて感じられる。絵の具臭いアトリエにまるで馴染まず淡々と光を放つ存在感が、眩《まぶ》しくて恋しかった。

五年前の冬に別れた美里が傍にいる。

これ以上誰になにを請えばいいのか俺にはわからない。

「ねえ、本当に初詣でしなくていいの？」

「……おまえも大概しつこいな」

二日の午後『用事があって新宿《しんじゅく》にいるけど今から行くね』と電話してきた美里を「暇だから車で行く。時間潰してろ」と迎えに来た。そしてまんまと渋滞にはまった三十分前から、もう何度となくこの会話が繰り返されている。

「しつこくもなるよ。俺、初詣でに行かない人なんて初めて会ったしさ」

「たくさんいるだろそんな奴」

「大学時代の友だちもみんな行くって言ってたよ」

「わざわざ訊いたのか」

「大晦日《おおみそか》にみんなで呑んだから、その時に」

俺は信号が青に変わっても微動だにしない前方の列を見つつ、胸ポケットから煙草をだして口に咥え火をつけた。

大晦日も彼氏と二人じゃなかったのか、と考えて窓硝子《まどガラス》を少し開け、煙を吹く。

車が一ミリも動かないうちに再び信号が赤に変わって苛ついて黙っていると、美里がこちらをうかがって唇を引き結び、やがて居心地悪そうに視線を横へ流した。

「……アキ、初詣でに行ったことがあるって話してたでしょ？　それはなんで行ったの？」

冬場は風が冷たいのに硝子越しに差し込んでくる日差しが暑い。美里は車に乗ってもコートとマフラーを脱がないから頬が火照《ほて》っていた。林檎色《りんごいろ》に。

「その頃付き合ってた相手が行きたいって騒いだからだよ」

暖房を弱めて早口にこたえた。

「やっぱり恋人のせいなんだ」

「〝帰りたい〟〝こんなところに来る奴はばかだ〟〝最低だ〟って文句言ってたら怒りだして、結局次の日に別れたけどな」

「参拝した次の日に⁉」

「だから神頼みなんて気休めだって言うんだよ」

美里がびっくり眼《まなこ》で唖然《あぜん》としている。俺が「車内ではとれよ」とマフラーを軽く引っ張ったら、「あぁっ」と情けない声をだして首を押さえた。

「ぶくぶく着込んでるおまえに合わせたら俺が寒いだろ」

「そ、そっか。ごめん」

やっと少し列が動いた。煙草を消して車を発進させる。

美里はのろのろマフラーを解きながら困惑げな顔をしていた。

「その初詣でって、場所はどこだったの？」

「鎌倉《かまくら》の鶴岡八幡宮《つるがおかはちまんぐう》」

「そりゃ無理もないね……あそこは駄目だ。日本一混むんで有名なんじゃなかったっけ。鳥居《とりい》のあたりから階段を上りきるまで延々と並んでいくんでしょ？　テレビで観たよ」

「車だったから行きも帰りも最悪だったな。海岸沿いの道がぎっしり混んでて」

「アキ、苛々してたんだろうね……想像するだけでぞっとする」

「車捨てて帰りたかったよ」

「車は捨てずに彼女を捨てたんだ」

「車は我《わ》が儘《まま》言わないしな」

「アキらしい」

　シートベルトを外してコートを脱いだ美里が、膝の上にたたんで再びシートベルトをした。髪がシートに擦れて静電気で浮いているのに気づかない。

　車がまた停止して、俺はハンドルから両手を離した。左手をのばして美里の後頭部を覆う。はっと振り向いて俺を見返す目が丸く見開いていた。

　今はもうわかっている。俺は彼女の我が儘が嫌だったんじゃなく、彼女自身を好きじゃなかったのだ。

「……なに、アキ」

「静電気ではねてるよ」

「あ……そうか。ごめん」

顎の細い輪郭。白い首筋。掌で覆えるほど小さな頭。体温。美里。

「ごめんねアキ。渋滞、今日も酷いよね。さっきから苛々してるでしょ?」

髪を撫でたら静電気が酷くなった。シートに張りつくようすがおかしくて笑ってしまう。

「本当だよ。新年早々こいつらどこ行くんだか気が知れないね」

「……ごめん」

自分は美里ほどロマンチストじゃないつもりだけど、この道が続く限り独占していられるんだなとは想う。

「帰りに近所の神社に寄ろうか」

「え」

「地元の小さな神社ならもう混んでないだろ。神さま大好きな美里がうるさいし、しかたないから寄ってやってもいいよ」

美里は眉間にしわを寄せて苦しそうに、嬉しそうに笑顔を繕《つくろ》った。

「しかたないとか。アキのためじゃん」

「俺はなにも恐くないし」

「俺だって恐くないよー」

「嘘つけ。ずっとびくびくしてるくせに」

「誰がいつびくびくしたよっ」

「〝マフラーごめん〟〝静電気ごめん〟〝渋滞でごめん〟って短時間に何度も謝ってるだろ」

「そ、それは礼儀っていうか、……いや、し、知らない」

「知らない？　俺の聞き間違えか？　隣から聞こえてきたと思うんだけどな？」

「べつにアキなんか、恐くないし」

「恐くない、へえ……？　昔だって大学合格するまで一緒にいてとか、俺が最期《さいご》に誰を描くのかとか細々《こまごま》と気にしてたくせにな」

ぱた、と表情を凍らせて美里が硬直した。

狭《せま》くて暑い車内で見つめ合ったまま息を詰めていると、美里の動揺が鮮明になってきた。

エンジン音やどこかのクラクションが遠く微かに響いていて、鼻先には煙草の香りがある。

次第に美里の瞳が揺れて、俺が見つめたままでいると視線をそらされた。

こんな過去の話はしたくなかったか。

「ごめん美里」

こっち向けよというふうに袖を引くと、そのうち美里も視線だけこちらに流して目を細め、

「……アキも謝った、へっ」

とにんまりした。

白い日差しの中で美里が少しだけ眉を下げて、苦々しく笑っている。

安堵と愛しさが込み上げてきて胸が痛んだ。抱き締めたかった。

「いたっ」

美里の頰をつねって再びハンドルを握る。

「酷い」と唇を曲げて痛がる美里に苦笑を返して、熱情の余韻が消えるのをしばらく待った。

結局、渋滞を抜けて神社へ着く頃には午後三時を過ぎていた。

車を傍の駐車場にとめて境内《けいだい》へ入ったが、予想通り人気《ひとけ》がない。

こういう小さな神社は、大晦日から新年にかけての日付が変わる頃だけ近所の人間が集まるのだという知識はあった。子どもの頃、母親と数回参拝した経験があるからだ。

その時に買ってもらう屋台のお菓子の、パチンコ台やルーレットのゲームが楽しかったのを憶えている。夜の暗闇の中に灯る橙色《だいだいいろ》の屋台の光のもとで、転がっていくビー玉が綺麗だった。はずれがでると母は残念がって笑い、『順一《じゅんいち》、もう一回やってみな』とまた百円玉をくれた。でも一夜経った今は屋台も跡形もなく撤収している。

美里が「静かだなあ」と呟きながらふらふら参道を歩いていくので、俺は腕を摑んで、

「手を洗わないと駄目だろ」

と手水舎《ちょうずや》へ引っ張っていった。

「え、え」と惑う美里を手水鉢の前へ立たせて俺がひしゃくを片手に「はい、両手だす」と指示すると、恐る恐るコートの袖を捲《まく》って両手をだす。水を眺める表情が怯えている。

ひしゃくで水を掬ってゆっくりかけてやると、

「ひえぇっ、冷たい……っ」

と掌を結んで肩を竦めた。

「弱っちい声だすな、ちゃんと洗え」

「氷みたいだ！」

「心が引き締まっていいだろ。身体にたまった汚れを洗い流しなさい、参拝前の常識だ」

「寒い！　辛い！　哀しい！」

「やかましい」

水をかけるのが三回目になると慣れて諦めたのか、眉を歪めていたものの喚《わめ》くのをやめて手を擦るようになった。細い指の隙間を透明な水がくぐり落ちて、光に反射して瞬きつつこぼれていく。

俺は「よし」とポケットからハンカチをだして美里に渡すと、ひしゃくを置いて神前へ向かった。

「ちょ、ちょっと！　アキは洗わないの⁉」

「俺はどこも汚れてないから清める必要がないんだよ」

「なにそれ狡いっ、アキだって絶対汚れてるよ！　ヨゴレ！　ヨゴレ！」

「はいはいヨゴレです」

周囲の木々が風に煽られてかさかさ音を立てている。

美里は横で「むかつく」と文句を垂れて、俺のハンカチを自分のポケットに突っ込んでしまった。

「あ、小銭用意しないとね」

神前に来て足をとめると財布を探る。

「やっぱり五円だよね、ご縁がありますように……って、ないや五円」

「騒がしい奴だな」

俺が小銭をだして「ほら」と五円を差しだしたら、不満げに唇を突きだした。

「……人にもらった五円って効果あるのかな」

「じゃあもうやらないよ」

「あーごめん、やっぱもらう！」

そして賽銭箱《さいせんばこ》に放り投げてがらがら鈴を鳴らしてパンと一度手を打ち、目を閉じた。

俺はそのこめかみを押して「ばか」と呆れた。

「いたっ。今度はなに⁉」

「二拝、二拍手、一拝だろ？」

美里は目をぱちくり瞬く。

「にはぃ……？」

「おい、大丈夫かよ作家センセイ。出雲大社《いずもたいしゃ》と宇佐神宮《うさじんぐう》以外の一般的な神社は、二回深くおじぎして二度手を叩いて祈ったあと、最後に一度頭を下げるのが基本なんだよ。……神さま神さまって騒いでおきながらなにも知らないんだな。罰当たりなのはどこの誰なんだか」

「……くっ」

「手を洗って身を清めることもしない、参拝の作法も知らない。そんな適当さで〝神さま大好き〟なんて言われたって、神さまも人間不信になるだけだぞ」

「すみません……」

「俺じゃなくて神さまに謝れ」

「神さますみません」

「じゃ改めて、ほら。二拝、二拍手、一拝」

美里が俺の言葉に倣《なら》って照れ臭そうにおじぎをして手を叩き、祈る。

最後の礼をすると〝これでいい？〟というふうに目で問うてきたから、俺は頷いて賽銭箱に小銭を放り、「帰るか」と身を翻した。

「なっ。待て！　なんで自分はちゃんとしない⁉」

「俺は神さまに挨拶したくないからだよ」

「神さまに失礼だ！」

「きちんと作法を学べてよかったろ？」

「嫌われる、アキは神さまに嫌われる！」

「俺は端《はな》から好きじゃないから嫌われて結構だ。おまえみたいに上っ面だけなのよりよっぽど筋が通ってるだろうが」

一瞬、美里が傷ついた顔をしてから石段に視線を落とし、口元で苦笑を洩らした。

「むかつくなあ……。俺だってアキみたいにまっすぐな人になりたいよ」

足元を見下ろしたまま美里が一段ずつ下りていく。

美里、と呼んで振り向いた顔は、もうからりと笑っていた。気のせい、だったか。

「アキは博識で潔《いさぎよ》くて、昔と変わらず格好いいね」

俺の中に燻《くすぶ》る不信感を、美里の声が押しやっていく。

「そういえば地元の神社に参拝したのは本当に久しぶりだよ。隣町で一人暮らしを始めてからは全然来てなかったから」

「ああ。いつ家をでたんだっけ」

「大学二年の時。それまでは友だちとよくここへ初詣でに来たな。親とも来たよ」

「親とも？」

「うん。うち共働きで、俺たいてい一人だったでしょ。だから二人共イベント事があると張り切るんだよね。誕生日なんていまだに〝パーティーするから帰ってこい〟って言われて、成人しても子ども扱いだよ」

軽い口調で話しながら、美里が歩いていく。

相変わらず愛されてるんだな、という言葉をなんとなく呑み込んだ。

頰に美里の父親に叩かれた痛みがじわりと蘇る。美里を守る言葉一つ言い返せず自分の幼さに唇を嚙んだ、あの吐き気がするほどの歯痒《はがゆ》さも。

「アキはお母さんと初詣でに行ったことある？」

「……あるよ。ずっと昔にな」

「ふうん。新年の挨拶はした？　お母さんも一人だときっと寂しいでしょ」

「昨日ちゃんと会ってきたよ」

「そっか……そうだよね。神さまよりお母さんを大事にするのもアキらしくて格好いいな」

柔らかい陽光が、微笑む美里の輪郭をなぞっていた。

——癌《がん》だ、と母の担当医から告げられたのは二年前の夏だった。

俺が生活を面倒見るから働かなくてもいいよと、きつく説得した矢先のことだ。入退院を繰り返して亡くなったのが先々月。母親のために貯金してきた金は保険で賄《まかな》えなかった分の手術代と入院費と墓代に消えた。……親孝行できたのかどうなのか。葬儀諸々すべて片づいたのは、美里とマリ子に会う約束をしていた日の三日前だった。

本来この時期は鳥居をくぐるのも駄目だし、初詣でも墓参りのみで済ませなければならない。

確かに罰当たりだ。

母は病床で、十年以上前に離婚したきり会っていない父の話ばかりした。

働きもしない金持ちのぼんぼんだったそうで、我が儘放題浮気し放題でそれはもう酷かったらしい。言い争ったのも一度や二度じゃないだろうに、でも自分が死ぬんだと知ってからは、愚痴は一切言わなくなった。

『優しい人だったよ』

『ちょうど今のあんたに似た、そっくりの背格好をしてた』

『手が大きくて、繋いで歩くと母さんの手はすっぽりおさまるんだから』

『プロポーズされた時すっごく嬉しかった。地面に足がついてるのに飛んでるみたいでね』

『もう一度だけ会いたかったよ』

『結局あの人しか好きになれなかったな……』

『……再婚して幸せになってくれていたらいいんだけど』

俺は父を憎んでいた。俺のために働き続けて病に伏せた母を見て育ったからだ。だがそれもやめようと思った。少女みたいに無邪気に語る母といるうちに、憎しみは霧散《むさん》していった。

痩せ細った母が白いベッドで一人孤独に逝《い》く姿は、将来の自分を見ているようでもあった。

「アキのお母さんって、きっと素敵な人なんだろうなー……」

隣を歩く美里の耳が冷えて赤くなっている。細い黒髪が揺れてその小さな耳を擦っていた。

恐らく俺も、今後どんな人生を生きようとも死を目前にした時に想うのは美里なんだろう。

病院で、美里のことを何度も想い出した。

会いたかった。

縋りたかった。

いまだに気が緩むと狂いそうなほど辛いのに、こうして美里の存在を傍に感じていると落ち着いていられるし、胸が温かくなって自然と笑っていられる。

美里には美里だけが持っている、他の誰からも得られない安堵がある。

自分にとって唯一の特別な相手なんだと、心と身体で理解する。

生きるのも死ぬのも一人で戦うことだと信じていた俺が、初めて恐さを知ったのはおまえを好きになった瞬間だったよ。

こんな恋愛は、もう二度としないだろうな。


アトリエに着くと、絵を描く前に食事をしようという話になった。

「遅くなってごめんね。俺が新宿なんて行ってたせいだよね」

「食事は家でするつもりだったから気にするな」

暖房をつけてコートをハンガーにかける。美里のコートとマフラーも受け取って横にかけると、奥のキッチンへ移動した。

ここ数日アトリエにこもっていたのもあって、食材はかなり充実している。

「つくる……ん、だね」

うしろからついて来た美里がへらっと口の端を引きつらせて笑った。

「当たり前だろ？　なに、買いに行くつもりだったのか？」

「コンビニ弁当とか、出前とかかなーと思って……」

「おまえ一人暮らししてるんじゃなかったか？　その感覚、結局変わってないんだな」

パスタ鍋に水を張って火にかけた。

美里はばつが悪そうな表情で俺の手元をうかがっている。

「一人だと食事する気がなくなるんだよ。ご飯もわざわざ一合だけ炊くのか、じゃあいいやってなるし」

「自分から一人暮らししたいって言って家をでたんじゃないのか」

「そうだよ」

「あのな美里。それは〝一人で自立して生活していけます〟って宣言したのと同じことなんだよ。わかってるのか？　怠惰《たいだ》な生活してたら大人の真似をしたがるガキのままだぞ」

「うっ……。ごめんなさい、善処します」

「よし。じゃあ冷蔵庫から玉ねぎとピーマンとベーコンだして食べやすいサイズに切ること」

「はい」

きりと凜々《りり》しく目を光らせた美里が冷蔵庫を開けて野菜を取ってくる。で、やらせてみたら相変わらず包丁使いの酷いこと酷いこと。

ピーマンを半分に切って種を取り除けとしか言ってないのに、自分の手まで切ろうとしているようにしか見えない。

「ばか。左手の指は閉じて横に添えるんだよ。軽く拳を握るように」

「握ってたら滑っていくよっ」

「平気だからやってみろ。包丁の側面に指の関節を合わせるんだ、こう」

開いている手を閉じさせて向きを変えてやった。やっと理解した美里は「あ、滑らないかも」と呟いてピーマンをぎこちなく切っていく。種を取り除いたのを見計らって、今度は「細切りだぞ」と指示して、恐々切っていく美里を見守りつつ俺もパスタを鍋に入れる。

「うわアキすごい、花が咲いたみたいになったっ、パスタの花！」

「束を軽く捻って入れると綺麗に広がるんだよ、常識だろ」

「常識じゃないよ職人技だ。俺のピーマンはどう？　見て、これ細い？　細いよね？」

「六十点」

「やった！」

「やってない、喜ぶな。……おまえは母親が料理してるところ見てなかったのかよ」

「あんまり」

「家庭科の授業でも習ったろ」

「切るのは女子の担当だった」

「威張るな」

やっぱり料理ができる奴と暮らすべきだったんだ、と言いそうになってやめた。

「切れた！　次は玉ねぎね、これも細切り？」

「もういいよ。俺が切るからおまえはパスタうでろ」

「嫌だ」

思いがけなくきっぱり拒絶してきた美里が玉ねぎをまな板の上に置く。

「……〝茹《ゆ》でる〟なのに、アキはいつも〝うでる〟って言うね」

「ん？」

「なんでもない」

ふふと楽しそうに笑って、覚束《おぼつか》ない手つきで玉ねぎを切っていく。前屈みのへっぴり腰で手元を真剣に凝視し、包丁の持ち方を確認しながら丁寧にしゃくりしゃくりと細切りに。

「うー……涙でてきた、そうだ玉ねぎって涙でるんだった。なんか鼻まで痛《いて》えー」

上向いて鼻をつまんだ美里の目から涙が流れた。辛そうなわりに笑ってはしゃいでいる。

「目が赤いぞ」と教えてやると、潤んだ目で俺を見返して「すげえ痛いもん」とかからから笑うから、俺もつられて一緒に笑った。

食材をすべて切り終えた美里がフライパンを火にかけて、俺の指示する順番にベーコンと野菜を炒《いた》めていく。その頃には俺もパスタをざるに上げて横から美里の手さばきを眺めていた。時折場所を変わって、野菜をうまく振り煽る炒め方の手本を見せてやったりする。

美里は「油じゃなくてバターなの？」「アキはフライパンの扱いに慣れてるね」「アキの味つけ最高だよ！」と褒め続けた。

「アキは勉強もできて絵も描けて料理もできて、本当に格好いいなあ」

「ケチャップと塩胡椒《こしょう》でしか味つけしてない、昔ながらのスパゲッティなんだけどな」

「そこがいいんだよ……」

蕩けた声音で嬉しそうに言いながら、軽く首を傾げて微笑む姿に懐かしい姿が重なる。

あのなんの捻りもないつまらないいきつねそばを二人でつくった日、美里はまだ十八の子どもだった。アキの手料理が嬉しい、飾っておきたい、と大げさに喜んでくれた美里は、泣き虫だったのが嘘みたいに〝アキが好き〟と躊躇わず口にして、幸せそうに笑ってくれた。俺たちが恋人としてやっとスタートラインに立った日。

……ふいに、数日前に電話口で聞いたマリ子の声を思い出した。

『美里君は今もアキ先生が好きだよ。別れたあとね、美里君何回も家出したの。お父さんと冷戦状態で居心地が悪いからって、友だちの家を転々として』

マリ子は近頃、たいした用事もないのに電話をしてくる。『暇なんだもん、話し相手になってよー』と旦那との夫婦生活や子どもへの想いや、美里の話を聞かせてくれる。

『美里は親父さんと喧嘩してたのか』

『ううん。美里君のお父さんは同性愛を頭ごなしに否定するような昔気質《むかしかたぎ》な人じゃないよ。前にわたしと美里君がばかなことしたでしょ？　あれも、わたしが家に遊びに行った時「息子がご迷惑をおかけしました」って謝られたんだから。わたしの方が美里君を傷つけたんだもん、もう恐縮しちゃって、やめてくださいって大変だった。こう……誠実な人なんだなって思う』

『そうか。……そうだな、わかるよ』

俺も最後に電話をした夜、『手術代の件では申し訳ございませんでした』と謝罪を受けた。家庭教師として美里をあずかっていながら、もっとも非道なかたちで裏切ったのに。しかも『二度と関わらないでくれ』と言われていたにも拘わらず一晩外泊させておいてなお、
それはそれと冷静に線引きをして向き合ってくれていた。

『親子のことって他人にはわからないし、うちの親は子どもを縛るタイプの人たちだからわたしには余計に理解し難いんだけど、美里君の話を聞いている限りでは、そのお父さんの誠実さとか堅実さが辛いって感じだったかな……』

『マリ子は親に縛られてたのか』

『そうだよ。着る服も〝みっともないからそんなのやめろ〟塾も〝ここに行け〟夢を持っても〝叶うわけがないやめろ〟って。門限も六時だった。一分でも遅れると閉めだされて夕飯が食べられなくなるの。部活してるって言っても聞いてくれなくってすごい辛かった』

『あの頃おまえが美里を利用しようとするぐらい荒れてたのもそういう理由？』

『そうだね。友だちだって結局みんな自分だけが可愛いんだってむかついてたし、人間なんて全員クズだと思ってた。誰も信じてなかった。だから先輩にその気持ちを見透かされただけで、この人なら救ってくれるかもって浮かれちゃった。堕胎《だたい》しろって言われて命を亡くすまで、自分が本命のかわりの二番目だってことに気づかないなんてただのばかだよね。でもだから、今はお腹の子が大事だし愛してる』

『……ああ』

『ごめんね、こんな話。アキ先生ならいいかなって、ちょっと甘えたよ』

『いや、聞けてよかったよ。話してくれてありがとうな。赤ん坊が産まれたらお祝いに行く』

　傷ついて失って、救われて慈《いつく》しむことを知って、誰もが絶望と幸福を繰り返して心を磨り減らしながら成長していくんだな。

『わたしも子どもとアキ先生のお絵描き教室に遊びに行かせてね。興味持ってくれたら将来画家になるかも』

『絵に興味持ってくれるのは嬉しいけど、身近に苦労してる人がいるからすすめはしないな』

『あーアキ先生うちの親と一緒だ。わたしはちゃんと夢を応援する親になりますからねーだ』

『応援するには金も必要だぞ。画材もそうだし、美大に行くために勉強し続けるのも専門学校へ行くのも大変だ。卒業後にフリーターやらニートやらで画家目指すって言ったらどうする。

毎日家で日がな一日絵を描いて、冷房暖房使い放題でメシも食べ放題』

『……そうね。そういう現実的なことを、わたしが今度は親の立場で学んでいくのね……』

『反対したくなった？』

『なった』

ははは、と笑い合う。

『夢を追うなら路頭に迷わないように働く覚悟もしなって、マリ子が教育すればいいんだよ』

『うん、ほんとだね。わたしも子どもと一緒に親にならなきゃな。立派な親になりたい』

『マリ子なら大丈夫だろ』

今度はマリ子だけ照れて笑った。

『アキ先生とあの頃ももっとたくさん話をすれば、もっともっと救われてただろうね』

『どうかな』

『ずっと傍にいて救ってくれてた一人は間違いなく美里君だよ。美里君といると他人を信じられたもん。だからアキ先生、美里君を幸せにしてあげて』

まるで今の美里が幸せじゃないような物言いだった。

『美里を疑うなよ。おまえが美里に救われたように、美里もおまえに救われていたんだろう？この五年間、励ましてきたって教えてくれたじゃないか。俺が言えることでもないだろうけど、おまえには美里の親友でいてやってほしいんだよ』

『……まさかこの前の「美里を責めるな」ってそういう意味？　親友でいてやれってこと？』

『ああ』

『わたしがでしゃばったから怒ったんだと思ってた。アキ先生今も美里君が好きなんじゃん』

『好きだよ。美里も俺を好きだってわかってる』

『だったらっ、』

『別れたくて別れたわけじゃないからだよ。心底嫌い合って絶縁したわけじゃないから。でも五年前に結論はでてる。俺は力不足だった』

『わたし、シーナ君は美里君と続かないと思う』

『マリ子がどう思おうと美里の恋愛だろ。美里が幸せならそれがこたえだよ』

『フン……あーあ、アキ先生にこの五年間の美里君との会話を全部聞かせてあげられたらな。美里君のペンネームだってどうなのよあれ』

『変なペンネームなのか？』

『アキ先生知らないの？』

知らない、とこたえるとマリ子はため息をついてから続けた。

『アキノミサトだよ。名字は漢字でアキは季節の〝秋〟ノは乃木坂《のぎざか》の〝乃〟名前はカタカナで秋乃ミサト』

言葉がでてこなかった。

『ばかでしょ。このペンネーム決めて投稿してたのはシーナ君と付き合う前からだけど、その頃言ってたよ。「作家の夢はアキがくれたものだし、自分の人生の一部はアキのものだから」って。ほんと、美里君はばかでばかでしょうがないの』

そうか、とようやく声をだせた。

『そうだな』

俺も美里の存在に生かされて今の人生がある。

美里が俺といた時間や事実を愛し続けてくれるなら、これ以上かたく確かな愛情もないいんじゃないかと思えた。恋人や家族とも違う、永遠に切れない絆だ。俺は幸福者《しあわせもの》じゃないか。

「俺が焦がした野菜が苦くて不味《まず》い……アキの味つけは最高なのにごめんね」

料理ができてアトリエのテーブルで食事を始めると、美里はスパゲッティをフォークで突いて落ち込んだ。口を尖らせて拗ねる顔が幼くて、とても懐かしい。

「つまらないことでへこむな。ちゃんと美味いよ」

「……ありがとう。ごめんねアキ」

「何度も謝るな」

美里は散髪したあとも幼い、七五三っぽいよそ行きの面立ちになる。それが可愛かった。

抱いている時『アキ好き、大好き』と苦しそうに呼んでくれるのが嬉しかった。

平らな胸もくびれの目立たない腰のラインもいつしか全部が愛しくて堪らなくなっていた。

なんてことのない手料理のきつねそばに泣くほど感動してくれた時、これからは自分があげられるものをなんでも与えてあげようと想った。

「もう日が落ち始めてるね……」

窓の外を眺めて美里が言う。白かった日差しは橙色に変化して部屋を染め、美里の髪や指も淡い色の光に照らされて滲んでいる。この髪は夕日に焼けて温かいんだろうと想像する。撫でたいなと、ぼんやり考えてから視線を落としてスパゲッティを食べた。

「……冬はすぐ暗くなるね」

親父さんにばれた日、待ってるから必ず連絡してと言ってくれた美里に『おまえといたい』と『親父さんを説得していこう』と電話したかったのに、説得するためのものをなにも持っていないガキの自分を憎んだ。

美里がスケッチブックを持って会いに来てくれた最後の夜も、ずっと自分を恨んでいた。抱き締めるたびに、この身体を離したくないと想った。キスをして唇を離すのさえも、次第に苦しくなっていった。

どうすればよかったのか、今でもわからない。

俺が俺じゃなければよかったんだろうとは何度も考えた。譫言《うわごと》や戯言《たわごと》を言える男ならよかったんだろうと。でも夢見がちなまやかしは、相手が大切なら大切なだけどうしても言えない。だから別れた。

「時間は平気なのか。そろそろ帰った方がいいんじゃない」

「どうして？」

「大晦日も昨日も、彼氏とゆっくり過ごしてないんだろ」

俺が水を飲んでグラスを置くと、美里は一拍置いてから静かに言った。

「……実家に帰省してるよ。五日まで帰らない」

「そうか」

手をとめた美里を尻目に、ピーマンを一欠片食べた。美里が切った六十点の、少し大きめのピーマン。

「最初で最後だから聞け、美里」

「最後……？」

「俺はおまえに会いたいよ。毎日でも会いたい。できればずっと傍にいてほしい。だからもうここには来るな」

目を剝いて停止していた美里の左の下瞼《したまぶた》から、やがてぽろと大粒の涙がこぼれ落ちた。

美里の泣き顔は見たくなかったけどでも、俺の分まで泣いてくれるのは昔から美里だった。

「おまえの絵は一人でも描いていけるよ。教室の展示会は定期的にやってるから興味があればおいで。彼氏と二人で」

「……うん」

おまえが好きだよ、一生愛してるよと、最後にまた言いたかったけど今の美里には言えないな。

「幸せになれよ」

「……うん、わかった」

「泣くなよ」

少し茶化すように言って微笑みかけると、美里の涙は両方の目からいっぱいに溢れてこぼれてとまらなくなった。

下唇を噛んで涙だけ落とし続けながら、

「明日からは、泣かない」

と濡れた頬にしわを刻んで苦笑する。

次に会う時は今より他人になっている。分かれた道はさらに遠く隔たって、会うたびに互いが知らない人間になっていくんだろう。泣いてくれる美里が目の前にいるのも今だけだ。

「……ありがとうアキ。前にも言ったけど、アキに会えてよかったよ」

拳を握り締めて、次から次へと湧《わ》いてくる想いと言葉が喉を圧迫するその酷い痛みに耐える。

「アキも、幸せになってね」

涙に湿って掠《かす》れた思いやりに満ちた優しい一言が、美里の別れの言葉に感じられた。自分は恋人と生きていく、と。貴方もどこか遠くで元気に幸せでね、と。

次に自分がこたえたら、そこで本当に終わるんだと思った。美里とのすべてが終わる。今日ここで終わってしまう。

またいつか会おう。

好きだよ美里。

絵描き教室、おまえが別れ際に『頑張って』って言ってくれたのを支えに努力したよ。

母親の死を目の当たりにしたくなくて病室から逃げだしたくなった時も、おまえの『お母さん大事にね』って声を想って、耐えて、最期まで寄り添って看取《みと》った。

ごめん。おまえのことは全然幸せにしてやれなかったな。

忘れないよ。

こんなに愛しく想う相手は生涯かけておまえだけだと思う。

……美里。彼氏のことは俺より好きなのか？　俺より頼りになるのか？　大人なのか？

俺のところに戻ってこいよ。今ならもう一度親父さんに会えるよ。おまえを幸せにしていくって断言できる。

男同士でも不自由させない。辛い思いもさせない。守っていける。

ここにいろよ。帰るなよ。

俺にはおまえしかいないよ。

「——ありがとう美里。俺も幸せになるよ」

もっとも愛している相手に一番言いたいことがいつも言えない。

やっぱり美里が幸せになるには、俺が俺じゃなければ――べつの男ならよかったんだな。

彼の色

三月になった。

ここ数年、期日のある仕事をしているせいかカレンダーのバツ印を追いかけていると時間の流れが驚くほどはやい。子どもの頃父さんに『大人になると一年なんかあっという間だぞ』と脅《おど》されたものだけど、今はそれが〝充実しているからだろう〟とも考えられるようになった。

でもアキとの二度目の別れから二ヶ月と考えると、アキが不在のままぽかりと空いた無情な時間の空白を、ただただ恐ろしく思った。

厳密には三度目だろうか。想うだけでは人は誰かと共にいられないんだとつくづく痛感する。自分とアキはきっとこういう運命なんだろうとも。

絵のモデルをする必要がないことは、本当はわかっていた。アキは一人で五年間も俺の絵を描いてくれていたからだ。

アキは一度だって俺に来いとは言わなかった。『いつでもおいで』『おまえの好きにしな』と委ねてくれて、俺はなにかに悩んだり行き詰まったりして限界を感じると会いに行った。

アキは精神安定剤のような、そんな感じだ。俺の駄目なところを率直に指摘して正してくれるから会話をしているだけで気が引き締まるし、迷って見失っていた道も拓《ひら》いてくれる。学ばせてもくれるし、向上心もくれる。俺にない価値観もくれる。尊敬している。

言葉では形容し難い不安や恐怖も吹き消してくれるから傍にいてくれるだけで安堵できる。

……それをアキには、見透かされていたのかもしれない。

相手が違うだろう、おまえが縋るのは彼だろう、と。また正してくれたんじゃないか。

「美里さん。——で、話ってなんですか」

シーナがスポーツドリンクのペットボトルを手に床へ腰を下ろし、ネクタイを緩める。先日入社式を終えたばかりのシーナは、俺の本屋バイトがない夜はたいていこうしてうちに寄る。

ワンルームアパートの二階にある俺の部屋は狭い。目立つ家具はベッドと仕事机と本棚ぐらいだけど、中央にある小さなテーブルの横にシーナが座ると圧迫感がある。

俺は椅子から立って、自分も彼の隣に腰を下ろした。

「これからしばらく、うちに来ないでほしい」

端的に告げて麦茶を飲む。シーナの反応はわかっていたので顔を見ずにたたみかけた。

「執筆の仕事に集中したいからさ。おまえも就職して忙しそうだし」

「集中って。俺のこと言い訳にしないでくださいよ、そんなの納得できるわけないでしょ」

予想通り不愉快そうに返されてため息がでる。

「色々悩んでるんだよ」

「俺だってただ遊びに来てるわけじゃない、悩んでるなら聞かせてくれればいいでしょ?」

シーナの目は真剣だが、俺は口が重くなる。

「……昔みたいに、思うように書けない。俺は小説自体書き始めたのが最近で、文章のことも勉強不足だってわかってるから、本を読む時間も欲しい。でも締め切りはくるから、」

「書けばいいじゃないですか。書けないなんて言い訳ですよ」

理解しようとしてくれないうえに根拠もなくゴリ押ししてくるのはシーナの常だ。

「書いてるよ、でもつまらない話をただ書き続けたって、お世話になってる出版社や読者さんになにも恩返しできないままで、」

「売れるような人気のでる作品を書けばいいんですよ」

シーナがしれっと言ってのけて、俺は息を呑んだ。

「映画化されたりしてる作品と似たようなのを書けばいいでしょ」

「似たようなのって……盗作しろっていうのかよ」

「違いますよ。売れるのには意味があるんだから、ただ乱雑に本を読み漁《あさ》るんじゃなくてそういう研究をしろって言ってるんです」

簡単に言うなよ、と怒鳴りたい衝動を耐え忍んで、抗議が胸に閊《つか》えて苛々した。シーナのスーツから香るクリーニングの匂いさえも煩《わずら》わしい。

仕事の話をするといつもこうだった。

俺は自分が抱えている仕事の悩みが弱音でもあると自覚しているから、もともとあまり話したくない。でも恋人とは理解し合わなければ付き合い続けられないと思って打ち明けると、決まって〝努力して書けばいい〟〝美里さんは言い訳してるだけだ〟とこともなげに蹴散らされてしまう。そしてまた、俺はなにも言えなくなる。

やっと社会にでたばかりのおまえになにがわかるんだ、と言いたい。

会社がつくった商品を売っているだけで、責任を上に擦《なす》りつけもできる新入社員のおまえに、自分の名前を晒して自分自身を否定される苦しみがわかるのか、と暴言を吐きそうになる。

情熱があれば勢いでなんでもできると信じているような節が、シーナにはある。シーナの今までの人生は、あるいはそうだったのかもしれない。けれど俺は違う。想いや情熱だけでは、得られないものもあると知っている。

生きている場所が違うんだなと、そう思う。

「美里さん」

唐突に、シーナが俺に唇を寄せてきて、俺は「シーナ」と怒りを込めた声で制した。

「真面目な話をしてるだろ。今はそんなことしたくない」

唇の手前で動きをとめたシーナが、顔をそむけて髪を掻き上げながら吐き捨てる。

「……どうせキスしかさせないくせにっ」

知り合って二年、付き合いだして一年になるけれど俺たちに身体の関係はなかった。

恐い、と俺が怯えて泣いたせいだ。

「俺がいてもいいでしょ。黙って雑誌でも読んでるから美里さんは書いてくださいよ」

「同じ部屋に他人がいたら集中できないんだよ」

「それも言い訳ですよ、小説なんて誰といたって書けるでしょうが」

わかり合える気がしない。説明が無駄だと思うと俺の口はまた重たく、閉じたままかたまってしまう。

「建前はいいですよ。どうせ美里さんはこのまま俺と自然消滅するつもりなんでしょう」

「そんなこと言ってない」

「ほら。〝言ってない〟んですよね。〝言わない〟だけで心の奥でそう思ってる証拠だ」

「揚げ足取るなよ」

「じゃあなんで〝違う〟って否定しないのか説明してくださいよ！」

もう一度ため息をついて、

「今夜は不機嫌なんだな」

と言った。

「誰のせいですか」

シーナも苛ついたようすでスポーツドリンクを呷《あお》る。

シーナは炭酸ドリンクが好きじゃない。これだけ豪快で華やかな性格をしているのに、炭酸の刺激が苦手なんだという。だから決まってスポーツドリンクかお茶を飲んでいる。

かつてシーナのこんな稚《いとけな》さを可愛いと思っていた気がするけれど、その恋しさは今は酷く遠くてうまく思い出せなかった。

「……とにかく時間が欲しいんだよ。次作はとくに真剣に向き合って結果をだしたい」

「本屋のバイトには行けても、俺とは夜に夕飯食べるのも嫌ってわけですね」

「シーナ」

「わかりました。お邪魔でしたね、すみません。帰ります」

立ち上がったシーナは鞄を引っ掴んで足音を立て、部屋をでていった。


つい先日、久々に須山《すやま》と会った。

テレビＣＭでも観るような大手会社に就職した須山は、『あと数年したら彼女と結婚しようと思ってる』と照れて苦笑いをした。

『一年経って後輩ができてみたら自然と気が引き締まってさ。教える立場になると自分の成長も感じるもんで、仕事も前より楽しくなったよ。現金だよな。——おまえは小説どうなの？』

俺は曖昧に笑って、ぼちぼちかな、とこたえた。

須山がさらに『すげえよな作家なんて。ほんとになると思わなかった。センセイだもんな?』と褒めてくれると、どんどんいたたまれなくなっていった。

主な収入源は本屋バイトの給料だ。作家の仕事なんかじゃ食べていけない。

須山みたいに会社で働いて、恋人を養っていこうとしている人間に褒められても、本当に、須山にはなんの罪もないし不当なんだけれど、どうしても皮肉に感じてしまう自分がいた。

シーナにその話はしていない。できなかった。俺にとってはシーナも須山側の人間だからだ。

会社員も作家も、別段どちらが偉いというのはない。ない、と思いたい。でも今まで足並み揃えて同じ場所で同じことをしていた同級生が、それぞれに職場を選択して自立して社会に貢献したり守るものを得たりしていくさまを見ていると、フリーターとしか表現しようのない自分は、一人行き遅れた子どもみたいで情けなくなった。

アキからもらって自分できちんと叶えたこの夢の仕事を恥じたくはないのに、時には〝一度ぐらい就職しておけばよかった〟とぽつんと考えて、息苦しくなったりもした。

『また自伝的なのを書いたらいいんじゃないですか? デビュー作は自分の経験が少しもとになってるっておっしゃってましたよね』

ずっとお世話になっている担当の佐原《さはら》さんにはそう言われた。

俺のデビュー作はアキと過ごした時間を想って書いた恋愛ファンタジー小説だ。無論創作だけど主人公の女の子が恋する男はアキの容姿や性格や、言動をモデルにしている。

アキを想っていた自分を文字にしておきたかった。書いているとアキといた頃のことを想い出した。書き上げるまでアキと一緒に過ごしているみたいで幸せだった。……今振り返ると、死ぬほど恥ずかしい。

『やっぱり秋乃先生は恋愛ものがいいですよ。ぐっときてじわっと泣けるような切ない物語だと若い子も読んでくれますし、わたしも秋乃先生のデビュー作、すごく好きですから』

これも悩みの一つでもある。俺は受賞したデビュー作以外、まるで評価されていないのだ。デビュー作と比較されて、あれの方が泣けた、ああいうのが読みたい、と批判され続けている。越えられない絶対の壁として常に、禍々《まがまが》しく立ちはだかっている。

『次作で恋愛ものを書いてくれたら装画をお願いしたいイラストレーターがいるんですけど、秋乃先生ご存じかな。名前はね――』

佐原さんの浮かれた、女性らしい高い声を思い出して息をつく。

そして今日も平日の日中にも拘わらず、隣町にある四階建ての大きな本屋へ来ていた。

新刊コーナーからフェアの棚を眺めて、気になった本を眺める。シーナの『研究しろ』って言葉も一理あると思うし、プロットを上げるために刺激が欲しかったから。

デビュー作のように、今度はシーナを想って書いてみればいいんだろうか。シーナの容姿や性格や、恋しいところを想い出しながら言葉にして作品を創る。恋しいところ。……俺はシーナのどこが好きなんだろう。

外見はもちろん、笑顔や声や手も好きだ。髪がかたすぎないところも。正義感の強いところや、快活で友だちがたくさんいるところも。

なにより、シーナは夢みたいな譫言や戯言を言う。譫言と戯言の塊みたいな男だと思う。シーナと知り合った頃の俺にとってそれらは、光の粒のような言葉に感じられた。

「いつっ、」

突然うしろから後頭部の髪を一つまみ引っ張られた。仰天して振り向くと、

「立ち読みは他のお客様にご迷惑なのでご遠慮ください」

と、アキが澄まして本棚から本を抜き取った。

「あ……アキ、」

俺に注意しておきながら、自分は文庫本をぱらぱらめくって眺めている。その横顔が二ヶ月前よりまた少し大人びて見えて、知らない男のようだった。

「じ、ぶんも、立ち読みしてるじゃんかっ」

なんで俺は、この人の前では口調も気分も子どもみたいになってしまうんだろう。一瞬で。

「俺はちゃんと買いますー。冒頭が好みの文章かどうか確認してただけだよ」

「嘘だ」

「ほんとう」

読んでいた文庫を閉じると左手に持ちかえる。その手にもすでに二冊の文庫本があった。

「美里は？　仕事の資料でも探しに来たか」

身体ごと俺に向き合ってアキが微笑む。自分より背の高い身体が前方を塞いでいるというのに、暖かそうなコートや胸の厚さや、アキの空気や気配を感じていると、なぜか世界全体を見渡せているような、身軽で果てしなく自由な心持ちになった。

「そう、だね。資料……かな」

「新作の執筆してるのか」

「ううん、今はプロットを練ってる。なに書いたらいいのか迷ってて」

「ふうん。どんなジャンルを書く予定なんだ？」

甘えたらいけない、と強い危機感を抱いたのに、

「……担当さんは、俺には恋愛ものが合ってる、って」

と言っていた。文庫本を持つアキの親指の爪に青色の絵の具が染みていて、それを見たら、つい。

「恋愛ものか」

「でも恋愛作品って出尽くしてるでしょ。不治の病のお涙ものとか、タイムスリップみたいなファンタジーものとか、ミステリー要素のある純愛ものとか。だからなにやっても真似事じみて感じられて、全然物語が浮かばない。……小説って、難しいね」

切羽詰まった物言いになったと自覚して、ごまかすためにへらへら笑った。

昔、本屋で本を買ってくれて、俺に小説の面白さを教えてくれたのはアキだった。アキなら創作の難しさをわかってくれるんじゃないか。アキなら俺のように苦しむ作家を見てきたんじゃないか。理解してくれるに違いないという期待は、ほとんど確信だった。

「……ちょっとお茶するか。隣に喫茶店があるから」

俺の望みを見抜いてくれたのか、アキはやれやれというふうな、できの悪い生徒を救う先生っぽい包容力で誘ってくれた。

喫茶店の席につくと、アキが「好きなの頼みな」とすすめてくれたので、朝からなにも食べていなかったのもあってコーラフロートとカレーライスを頼んだ。

「がっつり食うな。精々サンドウィッチぐらいだと思った」

「ごめん、お腹空《す》いてて……」

「コーラフロートはカレーに合うか？　ていうかコーラフロートって子どもかよ」

「連呼しなくていいよ、恥ずかしくなってくるからっ」

「アイスが乗ってるんだぞ？　真っ昼間から二十三の男がアイスの乗ってるジュースって」

「連呼するな……っ」

先に飲み物がきてウエイトレスさんが「コーラフロートのお客さ……」と言いかけてすぐに俺ににっこり微笑みかけながら置いてくれた時も、アキは吹きだしてくっくと笑った。

もう勝手に笑ってろ、と思って赤くなりつつスプーンでアイスクリームを掬って食べる。シーナといると遠慮して炭酸飲料を飲まないから、アイスつきのこのコーラが恋しくなるのだ。

「それで？　恋愛小説が書きたいんだっけ」

ブレンドコーヒーを飲むアキは、さっきの話の続きを促してくれる。

五年前、アキが今の俺より二つ若い二十一歳だった頃、『俺が気づいてやれることは少ないと思う』と電話をくれたことがあった。だから『どんなことでも悩んだり落ち込んだりしたら言えよ』と。なのに今日ここにいるアキには俺の異変など全部ばれている気がした。

自分の中にたまった鬱積《うっせき》を詳細に洗いざらい打ち明けているあいだも、驚いたり動揺したりせず相槌を打って聞いてくれるから、言葉はどんどん噴きだしてきてとまらなくなった。

うん、うん、とアキが頷いてくれるたびに脆弱《ぜいじゃく》さも弱音も許されている安心感に包まれた。

「……デビュー作が一番いいっていうのは、作品をだすごとに劣化してるってことだよね。読者さんも、デビュー作みたいのが読めるんじゃないかって期待してくれてる人だけが見守ってくれてて、毎回毎回がっかりさせてるのかもしれない。だから初版部数も減るんだよ。……俺、やっぱり才能なんてない。執筆歴も短いし読書量だって少ないし、全然……全然駄目だ。出版社にも読者さんにも迷惑しかかけてないよっ」

泣きたい気持ちですべて吐露《とろ》した。出版社や読者さんとの付き合い方も部数関連の事情も、アキなら通じると知っていたから。

話し終わる頃には俺のカレーもきていた。アキが「冷めるから食べな」と顎でしゃくってくれて、俺は頷いて食べる。……すごく辛《から》い。

「美里の迷いが、そのまま文章にでてるんじゃないのか」

「文章に……?」

「日記でも書いてみたら? 自分の感情や体験なら気軽にリアルに書けるだろ。誰に見せるわけでもないから緊張する必要がない。仕事の文章とどう違うのか検証してみるといいよ」

確かに日記は仕事として肩肘《かたひじ》張《は》って書くものとは違う。

「わかった……書いてみる。担当さんが〝自伝的なのがいい〟って言ったのってそういうことかな。俺の今の文章にはリアリティがないの?」

「堅苦しく迷って書けば、堅苦しくて迷ったぎこちない文章になるんじゃないのか? でも俺は今悩んでる時間も美里に必要なものだと思うけどな」

「どうして。苦しいよ」

正直に洩らしたらアキは「はは」と笑った。こんな時なのに悔しいほど格好よく、可愛く。

「美里はどんな気持ちでそのデビュー作を書いたんだよ」

「どんなって、なにも考えてなかったよ。締め切りまで時間もあったから毎日だらだら書いてた。プロットだって立てないで、思いつくままに」

「だらだらか」

嫌われる、と思って「怠《なま》けてたって意味じゃないよ」と慌てて訂正する。

「大学とバイトがあったから深夜しか書けなかったんだけど、勉強中も仕事中も物語をどう進めようか考えてて、バイト帰りの夜の空気とかいいなって思うと、帰ったらこの感じを書こうってわくわくしたりして充実してた。物語の世界に四六時中没頭してて毎日楽しかったよ」

「で、今は〝恋愛ものは出尽くして〟て〝部数が減る〟のを気にして沈んでるわけだろ？」

「……うん。わかってるよ、楽しんで書いてないことは。デビュー作と違うのもそこだし」

「拗ねるな」とアキが俺を軽く睨み据える。

「気づいてないのか？　おまえは読者のことを考えられる作家に成長してるんだよ。そのデビュー作なんて自分が楽しむことしか考えてないただのオナニー作品だろ」

「おっ、オナっ、」

「美里は今、仕事への責任と作品への自己満足をコントロールする術《すべ》を身につける時期にいるだけだよ。迷えばいい。おまえが悩んでる事柄も必要なことで間違ってない。ただし後悔しない作品を残していけ。やっつけ仕事はするな。そうすれば読者はおまえを見放さないよ」

　責任と自己満足を、コントロールする術……。

「あと部数云々に悩んでるのも美里だけじゃない。業界全体が不況でみんな減らされてるからな。全員が色んな理由で懊悩《おうのう》しながら頑張ってるんだから、おまえも一作一作勉強するつもりで向き合っていきなさい」

うん……と頷いて「みんなって?」と訊くと、アキは「出版社の忘年会や新年会のパーティーに出席して世話になってる作家に会うと、そんな話ばかりだよ」と教えてくれる。

アキの言葉は実体験と事実に基づくものなので、励ましや慰めも上っ面だけに感じない。

また泣きたいぐらい嬉しくなった。間違っていないと言われて、身も心も窮屈に縛っていた鬱屈が一気に消えていく。……やっつけ仕事なんてしない。うん、絶対にしない。

「アキも、俺みたいな時期があった?」

「そうだな。俺が描くのは作家の作品や雑誌の文章を引き立てるためだから、いまだに学ぶことも多いよ」

「自分のせいで売れなくなるかもとか、悩む?」

「ああ。ただ、俺はそうならないために努力してきたつもりだよ」

苦労や悔しさや辛さを、アキはあまり面《おもて》にださない人だった。そして自分を〝言葉足らずだ〟と自覚して反省して、生きている。

俺はアキに縋ってしまったけれど、アキは誰かに相談できたんだろうか。

もともとアキは人気のイラストレーターで、アキの絵自体にファンがついているから装画を担当した作品もよく話題になる。別れていたあいだもアキの仕事を見守っていた俺は、その中に『装画が浮いてる』とか『装画だけよかった』などと評されたものがあるのも知っていた。

アキはどうやって乗り越えたんだろう。

作家は物語を創っている立場だから評価に反論もできるかもしれないが、イラストレーターはなにも言えない。文字で語り尽くせない世界を視覚で広げて読者にアピールしてくれている重要な人なのに、もっとも苦しい立場にいるんじゃないか。

努力してきたってどうやって？　辛い時は？　苛立つ時は？　いったいどうしてきたのか。

アキらしくいつものようにすべて一人で抱えてきたんだろうか。出版社や作家や読者のため、そしてお絵描き教室の夢の実現や、お母さんの生活のために。

「……俺、どれだけ努力しても、アキには届かないな」

「なに言ってるんだ」

「いや、ううん。届きたくないっていう方が正しいかもしれない。自分の先にいるアキの背中を見て、書き続けていきたいよ」

アキは緩く苦笑する。

「カレー食べろ、手がとまってるぞ」

「う。……これ辛《から》すぎるんだもの」

「また子どもみたいなこと言ってるな」

「どれ」と手を差しだされてスプーンと皿をアキの方に移動させると、食べたアキは、

「ああ……確かに大人の味かもな」

と感想を述べ、俺も「でしょ」と笑う。子どもと大人という言葉が心に引っかかった。

「……ねえ、アキ」

「ん？」

「自分が絵を描いてることはどう思う？　就職して会社で働いてる同級生もいるでしょ。俺は自分だけフリーターで……たまに一人して子どものままみたいでいたたまれなくなるよ」

アキは鼻でふっと小さく笑った。

「なら就職すれば？　経験に貪欲《どんよく》でいた方が書ける人物像も事柄も増えていくだろうしな。でも就職したら最低三年は辞めるなよ」

「三年……適当な気持ちで就職するなってこと？」

「あのな美里、」とアキがテーブルの上で両腕を組み、俺をまっすぐ見つめる。

「仕事でもなんでも、自分がやるって決めたことをまっとうする奴が立派なんだよ。就職する奴が偉いんじゃない、そこでちゃんと会社に貢献して勤め上げることのできる奴が偉いんだ」

「そう、か……そうだね」

「おまえはまだ若いんだし、作家でも会社員でもなんでもやればいい。でも〝フリーターが恥ずかしいから〟っていう自分の体裁を守るためだけの理由ならやめておけ。――たとえば美里は〝格好いいから〟っていう憧れで作家を目指してる奴がいたらどう思う？」

「舐めるなって思う」

怒りまじりに即答したら、アキは唇で笑んで「ほら」と言った。

「おまえはもう作家としてのプライドが備わってるんだよ。腹が立つのは信念を持って仕事をしてる証拠だ。大丈夫。美里は誰にも、どこも劣ってない。自信を持て」

またコーヒーカップに口をつけたアキは、嬉しそうな、どことなく誇らしげな笑顔を広げている。……こんな俺を認めてくれるんだろうか。アキの言葉なら過度な評価も信じてしまいそうになる。

「だいたい小説を書き始めて一、二年程度でデビューするって大変なことだぞ。それだけ努力もしたんだろうけど、才能がないなん嘆いてたら石が飛んでくる」

「いや、俺、出版社に何回か持ち込んでたんだよ。それで担当さんに小説の相談して仲よくなってて、デビュー作も編集部内で推《お》してもらって……こう、コネみたいなとこもあったし」

「それも美里の努力の賜《たまもの》だろ。結果的にそのデビュー作は読者が評価してくれたんだから本物だ。俺も家庭教師してた頃から文才を見抜いてたしな。美里にはちゃんと才能がある。自分の力に気づくのはなかなか難しいことだけど、ちょっとは自惚《うぬぼ》れろ。売れてる作家はだいたい〝俺って天才〟と思ってるぞ」

軽く毒を吐いたアキが肩を竦める。俺が笑ったらアキも一緒に笑ってくれた。

落ち込んで暗澹《あんたん》としていた気分が、温かい幸福感に覆い尽くされていく。こんなに褒めてもらったのは初めてかもしれない。自惚れていいのかなと、少しだけ自信も芽生えた。

アキだけがくれるものだ。これはアキにしかもらえない幸福だ。

「……担当さんに、次作で恋愛ものを書けたらアキに装画をお願いしないかって相談されたよ。候補が三人いて、その中にアキの名前があった」

「へえ」

「アキは有名なイラストレーターだから、人気にあやかって売ろうって。狡い方法だけど戦略として必要なことだって言われた」

「商品だからな」

「でも装画が素敵なだけで売れても、結局出版社にも読者さんにも恩返しにならないと思う。物語もクチコミで広がるぐらい素敵で、売れ続けるようなものを書きたい。そういう作品が書けたって納得できたら、アキと一緒に仕事したいよ。その時はお願いしてもいいかな」

〝会いたい、ずっと傍にいてほしいから来るな〟と、二ヶ月前別れを告げられた。けれど仕事だけでも時折繋がることができたら嬉しい。一つの作品を一緒に創るパートナーでいられたらとても幸せだと思う。

　仕事でなら性別など関係なく、幸せを与え合えるのかもしれない。ともすると、これこそが俺とアキの運命だったんじゃないか。

「わかった。じゃあ俺も努力し続けながら、秋乃ミサト先生から依頼がくるのを待ってるよ」

　ばんっ、と顔が破裂した。

「な、なんでペンネームっ……――あ、マリ子ちゃんかっ！」

アキは口を押さえて顔をそむけ、またくつくつ笑う。笑いがおさまってくるとコーヒーを飲んで、

「……立派になったな。美里と仕事できる日が楽しみだよ」

と深く、噛み締めるような声音で言って微笑んだ。

「アキ……」

大丈夫だよ、と。おまえも成長しているよ、とアキに言ってもらえると、他の誰の言葉より満たされるのはなぜだろう。同じ業界で働いているからというだけじゃない気がする。

アキが好きで、好きで、昔彼の身体についているキスマークに嫉妬をした。ばかなことをして、そのたびに叱って救ってもらってきた。俺といてください、とみっともなく縋りついたこともある。キスをしてと強請ったこともある。無力だ、と抱き合って泣いたこともある。くちづけたままこのまま息の根をとめてくれないかと切望するほど愛した。

そんな若気の至りともいえる無茶をしながら、なにもかも晒し合った相手だからだろうか。

「ありがとう。……頑張るね、約束する」

「ああ」

心の靄が晴れて、また道が拓けたのを感じた。

その後、辛《から》いカレーを押しつけ合って「なんだよ一口だけかよ」「俺は半分食べたからアキももっと食べてよお願い」と笑ってじゃれて、二人でたいらげた。……楽しかった。

喫茶店の窓硝子越しに穏やかな町並みが見える。アキの横顔もうつっている。

一月二日の午後アキに会う前に新宿へ行ったのは、注文していたアキへのクリスマスプレゼントを引き取るためだった。イブに間に合わなくて、二日にはあげようと考えていたのだ。でも結局渡せなかった。あの日アキに借りてうっかり持ち帰ってしまった白いハンカチも、一緒にクローゼットの棚に並べてしまってある。

いつかまた会えたら渡せるだろうか。渡したらそれが本当に最後になってしまうんじゃないだろうか。

……アキ。俺も本音を言えば傍にいたい。

単なる愛情の問題だけじゃなく、俺が生きて成長していくうえでアキだけが理解して支えになってくれることがある。アキにしか通じない言葉がある。葛藤《かっとう》がある。痛みがある。

アキが背負ってきたことを知りたいし、俺が抱えているものも知ってほしい。共感し合って、アドバイスし合って、苦悩をわけ合って、安堵を与え合って、大丈夫だよと、自分たちは成長しているよと、幸福さえも共有していきたい。

そういう温かい絆をせめて仕事の場で維持していきたいと願っても許してくれるだろうか。

「今日会えてよかった。アキにしかこんな相談できないよ。他にわかってくれる人はいないもの。本当にありがとう」

心の強張りを解いて心の底から微笑みながらお礼を告げると、アキは微苦笑した。

「じゃあそろそろでるか」

コーヒーを飲み干したアキが、俺から視線を外して席を立つ。

アキは一人でレジへ向かっていって会計を始めてしまった。

慌てて追いかけて俺も横に立ち、自分の分は払うよ、と言ったけど、いい、と短く拒否された。

お金を払って、お釣りを待つアキを見上げる。

これが済んで財布をしまったらこの人は、帰ろう、と言うだろう。

身を翻して背後のドアを開けて、仕事頑張れよ、とも言ってくれるかもしれない。そして自分にはなんの苦悩も葛藤も弱音も後悔もないというふうな晴れやかな笑顔を浮かべて、またな、と手を振るに違いない。

また、なんてあるかどうかもわからないのに。きっと知らない他人同士みたいな顔をして、何度目かの別れを切りだす。

再び会えるとしたら何ヶ月後なんだろう。次は何ヶ月、何年、無情な時間が俺たちの人生にぽっかり空くんだろう。

「――帰ろう、美里」

わかった、という一言以外の言葉を、俺は持っていない。

電車に乗って駅に着いて、公園へ寄り道してのんびり家へ向かいながら物語を考えていたら、だいたいの流れは完成した。

アンドロイドと人間の恋のお話だ。

近未来のその世界ではコンピューターでアンドロイドを購入することができる。性別や髪型や瞳の色や、すべて理想通りの外見を選択したうえで注文できて、人間はそれらのアンドロイドを職場で働かせたり、自分のお手伝いさんにしたり、ベビーシッターにしたり、家族にしたりして共存している。

主人公の人間はあんまりぱっとしない子だ。容姿もどちらかというと地味で、学生の頃にいじめられていて友だちもいない。テレビにでているアイドルや俳優のように、自分も光り輝くものが欲しい、頑張ればきっと得られる、そう信じて、あまり卑屈にならずこつこつ働いて生きているが、ある日両親を事故で亡くして天涯孤独になってしまう。

そして一人で生活していくのは寂しいからと、アンドロイドを購入する。

自分が憧れる、テレビの中の人みたいにきらきら輝く素敵な容姿のアンドロイド。

やがてやって来たアンドロイドは主人公の地味さなど無論気にすることもなく、主人公が抱えていたコンプレックスを一笑に付して、積み重ねてきた努力を認めて、秘めていた孤独を慰めて愛してくれる。

あなたは心が澄んでいる、ちゃんと輝いている、なにも恥じなくていい、大好きだよと。

でも次第にアンドロイドは気がつく。人間は忘却する生き物だが、自分は脳に埋め込まれたデータチップに些事《さじ》さえ蓄積していくロボットであることに。

主人公はアンドロイドと二人ででかけて楽しい時間を過ごしたことや、交わした大事な言葉は憶えていても、その前後の取るに足りない出来事や他愛ない会話は忘れてしまうのだ。朝観ていたテレビの内容、その司会者が着ていた服、気温、天気、外のすずめが鳴いた回数、今夜は風呂を洗わなくちゃ、などという一瞬の会話、家をでた時間、雲の流れる速度、空のグラデーションの彩り、そういうわずかなことを人間は忘れていく。

人間とアンドロイドは恋愛ができない。法的にも罪として認められているし、公になれば異常者だと罵倒《ばとう》されもする。人間は人間を愛して、子孫を残していかなければならないからだ。

アンドロイドはでも、主人公に恋してしまっていた。地味だ、つまらない、と他人にばかにされた過去にもめげず懸命に明るく生きてきた主人公が、愛おしくなってしまっていた。しかしいずれ、自分とは違う人間と恋をしていくだろう。そうじゃなければいけない。

忘れたい、自分も忘却する脳が欲しかった。主人公が何度笑ってくれたか、何度自分の手に触れて、何分間離さずにいてくれたのか、忘れられる人間でありたかった。失っていく人間でありたかった。

しかし主人公もまた、アンドロイドを愛していた。自分に初めて希望をくれたのはアンドロイドだった。人間じゃない、アンドロイドの純粋で逞しい、きらきら澄んだ心だったから。

お互いの想いを知り、通じ合うと、二人は本当の意味ではまじわりきれない、許されない非道徳的なセックスもした。抱き合って、体温があることを感じ合い、確認し合った。

二人はこれが愛だと想うし信じるし、そう決める。

無二の存在だと、一生の絆だと、心で理解し合う。

でも主人公は自分に寿命があること、死ぬまでアンドロイドといれば人間としては天涯孤独であり続けてしまうこと、それがアンドロイドを苛《さいな》み続けることを知っている。

アンドロイドも自分が歳をとらないこと、自分との関係がばれてしまえば主人公が罪に問われて手酷く罰せられること、また昔のように他人に愚弄《ぐろう》され、酷い非難を受けるであろうことを知っている。

それらがどんどん二人の心を蝕《むしば》んでいく。二人でいても孤独に、寂しくなっていく。

アンドロイドにも死がないわけではない。

再起不能になったアンドロイドは、その脳のチップを人工の花に埋めて供養にかえたりする。世話になった愛着のあるアンドロイドを美しい花にして傍に置こうという人間のエゴだ。

このまま二人でいても傷つけ合うだけかもしれないと、そう思い始めたアンドロイドは自らアンドロイドを製造している工場へ出向いて死を選ぶ。

数日後主人公のもとに届くのは、アンドロイドの名前のついた人工のわすれな草。

どうか忘れないで——花言葉に想いをのせて、主人公の傍にずっと居続けるのだ。

「……できた」

プロットを書き上げてタイトルをつけた。『わすれな人』だ。

メールをしたためて担当さんに送り届けたあと、返事を待たずにすぐさま書き始めた。はやくアキに読んでもらいたくてしかたなかった。担当さんに拒否されても書くつもりだったし、拒否されない自信もあった。もし駄目なら他社に持ち込んでもいい。そして必ずアキと二人で一冊のかたちにする。

この物語はアキに捧ぐ。

「ん……？」

その時ふと横を見ると、置いていた携帯電話のランプが点滅していた。俺は執筆中、着信音をサイレントに設定しているから橙色のランプしか光らない。

担当さんかな、と考えて確認するとマリ子ちゃんだった。

『美里君、おげんこちー』

変な挨拶をして明るく笑っているマリ子ちゃんに「おげんこちー」と同じように返したら、途端に二人して吹きだして大笑いになった。……あれ、俺機嫌がいいな、と自分で自分の異変に気づき我に返る。

『どうしたの？　美里君、今日楽しそうだね』

マリ子ちゃんにも指摘された。

彼女に隠し事をしないというのは決め事ではなく、育んできた信頼の結果だ。

俺は今日アキに偶然会ったことや、会話した内容をマリ子ちゃんに教えた。須山への劣等感やシーナとの喧嘩のことも。

男同士だと妙な矜持《きょうじ》が邪魔をして言えないことも、マリ子ちゃんには話せてしまうから不思議だ。これも俺の中の男女差別、なのかな。マリ子ちゃんの明朗《めいろう》さや軽さが心地よくて、単に甘えているだけだと思ってるんだけど。

『そっかー、女ってなんだかんだで結婚したら仕事辞められるって感覚の子が多くて、友だちにも〝辞めればいいのになんで産休なの〟とか訊かれたりするよ。男の子は責任感が違うね。アキ先生の〝勤め上げる奴が偉い〟って言葉、ちょー格好いいなあ。紙に書いてトイレに貼っておこうかな。靖彦さんびっくりするかな?』

あはは、とマリ子ちゃんがまた笑って、俺も「トイレが安らぎの場じゃなくなっちゃうよ。なんか、心がぴしっと引き締まっちゃって」とこたえて笑った。『きりっとしてでてくる?』

「そうそうきりっと」なんて勝手に靖彦さんの凛々しい姿を想像して爆笑し合う。

『美里君は本当にアキ先生が好きだね……』

ふいにマリ子ちゃんが意味深に囁いて、俺は一息間を置いてから、

「好きだよ」

とこたえた。これは悪くない言葉だ、と自身に確認しながら。

『んじゃ、美里君をデートに誘ってもいい？』

「デート？」

『今月アキ先生のお絵描き教室の展示会があるでしょ、聞いてない？』

「え」

聞いてない。アキは今日そんな話、一言もしなかった。

『毎年春と秋にやってるらしいから、わたしと靖彦さんと美里君とシーナ君で行こうよ』

面子を考えると複雑な気持ちになる。アキがさっき展示会のことを教えてくれなかったのも、俺の相談事を優先してくれただけなのか、どうなのか。

『美里君が幸せな姿を見せてあげないと、アキ先生も自分の幸せなんて探せないよ』

マリ子ちゃんが酷く落ち着いた声で諭すように重ねる。

胸の中から、さっきまでの浮ついた気分が薄れて消えていた。もう手が届かない。

「……そうだね、わかるよ」

『うん。じゃそういうことで二十三日以降はどう？　シーナ君にはわたしから美里君を迎えに行くように連絡しておくから』

自分の予定を告げて、失礼してマリ子ちゃんに連絡係を頼んだ。シーナがどんな反応をするのかわからないけど、仕事に集中したいから会いたくないと告げた直後にアキの展示会には時間を割《さ》いて行くとなれば、当然いい顔をしないだろう。

「さっき話したけど、シーナと気まずくなってるからマリ子ちゃんに迷惑かけたらごめんね」

『べつに迷惑じゃないよ。あんなガキいくらでも論破してやるから』

「論破って」

『だってさ、わたしでさえ美里君が努力してるの知ってるよ？　出版社に何度も行ってたのとか、あいつだって見てきたじゃん。それで〝売れるのを書け〟とかよく言えるよね。あいつほんとけちょんけちょんにしてやる。相手の気持ち考えて言葉選べっつの』

……俺が告げ口したことがばれてしまう。

「俺の責任だから、お手柔らかにお願いします」と頼んだら『善処する』とマリ子ちゃんは全然そんな気なさそうな口調でこたえた。

電話を切って息をつく。

時計を見ると、すでに夜九時を過ぎていた。

それから十日ほど経過して、約束の展示会当日になった。

待ち合わせ時間に車で迎えに来てくれたシーナは終始不機嫌で、俺が「ずっとなにしてた」「仕事はどう」などと訊ねても短い返答しかしない。携帯メールすらままならず十日ぶりに会ったのだ。無理もないか。

「久々に会うのがここで、ごめん」

その謝罪には一言のこたえもなく無言だった。

会場は去年も行った海岸沿いの美術館で、マリ子ちゃんと靖彦さんはすでに来ていた。

「あんたなによ、そのぶうたれた顔」

大きくなったお腹を抱えながらやって来たマリ子ちゃんは早速シーナを非難する。シーナは「べつに」と跳ね返してから、一応靖彦さんには頭を下げて挨拶をした。

靖彦さんはそれこそ絵に描いたような優しげな眼鏡の似合うおじさまで、俺たちに「どうも」とにこやかな挨拶をくれる。

四人で美術館へ入りながら、隣を歩いているシーナの、ジーンズのポケットへ突っ込まれた左手を見遣った。アキの面影があるせいか、アキともよく喧嘩をしたなとつい回想してしまう。

館内は硝子張りで相変わらず清々《すがすが》しく、外の海岸の美しい景色も見通せる。エントランスには柔らかい太陽の日が差し込み、観葉植物が嬉しそうに揺れていた。障害者用のスロープや手すりが設置されているところには細かい配慮もうかがえる。

「アキ先生の展示は一階だから」とマリ子ちゃんが案内してくれて、俺たちもついて行った。

三階建ての広い美術館ではいつもだいたい二、三種類の展示会が同時に行われていて、今日も他に写真展や陶芸展をやっているらしい。案内板のポスターの中にアキのお絵描き教室のものと一緒に並んでいる。

広い廊下を奥へ進むと、そのアキのポスターが大きく飾られている入口が見えてきた。

「あそこだね。アキ先生もいるかなー」

マリ子ちゃんが呟いたらちょうど中からアキがでてきた。スーツ姿のアキの横には小学生ぐらいの女の子と母親とおぼしき女性がいて、向かい合って会釈し合う。

「じゃあ秋山先生、またね～」

「またなー」

柔和《にゅうわ》な笑顔を浮かべる悠然《ゆうぜん》とした佇《たたず》まい。太陽が後光のようにアキを照らしているから、先生であり大人であるアキの風格に、憧憬に似た遠さを感じてしまう。

「アキせんせー、来たよー」

マリ子ちゃんが右手を振って歩調をはやめると、

「ああ……。走るな、ゆっくり来い」

とアキが笑った。マリ子ちゃんの隣にいる靖彦さんにも頭を下げる。そして視線を流して俺と目が合うと、唇をそっと左右に引いて微笑した。

アキ、と俺も呼びかけようとしたら、その時いきなりうしろから腰に腕がまわされた。シーナだ。

「ちょっと、シーナ、歩き辛いよ、」

腰を抱かれていると、歩調を合わせなければ崩れた二人三脚みたいになる。俺がつんのめりそうになるのもおかまいなしに、シーナは仏頂面で歩き続けた。がくんがくん引っ張られているのが恥ずかしくて、どうにかなりそうだ。

「初めまして秋山です。マリ子さんには普段からお世話になっております」

「いいえ、ご丁寧にすみません。こちらの方がお世話になっているみたいで恐縮です。毎日のように『アキ先生と電話したー』って聞いてますから」

「はは。いえいえ……僕がかまってもらってるようなものですよ」

靖彦さんとアキが笑顔で挨拶を交わしている傍らに、俺たちも一足遅れて加わる。

大人の靖彦さんに相対するアキもまた、酷く大人びて見えた。自分を〝僕〟と謙遜《けんそん》したりマリ子ちゃんを〝マリ子さん〟と呼んだり。

靖彦さんに寄り添うマリ子ちゃんも、いつもなら会話に割り込んで〝アキ先生との電話楽しいんだもーん〟とか無邪気にはしゃぐはずなのに、二人を笑顔で見守って口を閉ざしている。

靖彦さんが「マリ子も家にこもりきりで暇なんです。迷惑なら叱ってやってください」などと言っても、憤慨して発言を遮《さえぎ》るような真似はしない。

短い挨拶が落ち着くと、アキが俺を見た。

「美里も来てくれて嬉しいよ。仕事忙しくなかったのか」

「あ、うん。……大丈夫」

シーナの手がまだ腰にある。この場にいるのが嬉しいのに気分は複雑で、苦笑いになって目を伏せた。

「キミがシーナ君だよね。——秋山です。来てくれてありがとう」

シーナに向き合ったアキは、左手を差しだして握手を促した。

でもシーナは、

「どうも初めまして」

とアキを睨み据えるだけで握手にはこたえない。

アキの大きな掌が宙に浮かんだまま静止している。全員が沈黙する中で行き場を失った迷子の手。ずっと昔の雪の日に、この指のかたちが好きだと俺は言った。

「すんません、俺今、手、汚れてるんで」

シーナの態度に怒りが湧いて、

「汚い手で俺に触ってるのか」

と咎《とが》めたら、シーナはうっと詰まって怯《ひる》んだ。腰にある手を離させる。ガキすぎる態度は恋人として恥ずかしい。

「やーい、怒られた」

黙っていたマリ子ちゃんがシーナをからかってしっと笑うと、張り詰めていた空気が解けて靖彦さんも苦笑を洩らし、アキもしかたなさげに手を下ろす。

「今の時間帯は比較的空いてるから、案内しましょうか」

それから親切に申し出てくれた。

「せんせーお願いします」とマリ子ちゃんがおどけて、みんなが笑って場内へ入っていくうしろに俺たちも続く。

「……シーナ、あとでゆっくり話そう。俺が悪いのはわかってるよ。でも少しでいいから大人になってくれないかな。俺たち今ちゃんと付き合ってるだろ?」

小声で宥めたけれど、シーナは俺を見返しもせずに黙《だんま》りを決め込んでいる。

マリ子ちゃんが助けてくれたことに気づいていないいんだろうか。みんなが分別のある大人な分、シーナが拗ねていると俺たち二人揃って子どもに成り下がっていくことも。

「会場の中で、僕はここが一番好きなんですよ。庭園の横にあるから日差しと景色が綺麗で」

アキが話しながら先導してくれる。室内は半分が硝子張りになっていて、外の庭園を望めた。梅の花が小さく咲いている他に、名前の知らない白色や桃色の花が風に揺らいでいて綺麗だ。小さな噴水では水面《みなも》が眩しく瞬いている。

絵の前に立つと、まるで森の中で眺めているような感動があった。

「こんな素敵なところに絵を飾ってもらえたら子どもたちも嬉しいだろうね」

マリ子ちゃんが興奮気味にアキを見上げたら、アキも嬉しそうに頷いた。

「今回は三十五点の絵を展示してるんだよ。全部子どもたちがそれぞれに気に入って選んだ絵だから、ぜひ観てあげてください」

水彩画や油彩画の、空や海や、バナナや林檎や、鳥や猫や花々。

子どもの絵は色づかいも構図も自由で生命力に溢れている。この作品のすべてが、アキと共に会話や感性を交わし合いながら生まれたものなのだ。

「みんなアキ先生に教わってるんだねー……絵が全部楽しそう」とマリ子ちゃんがお腹を撫でながらしみじみすると、靖彦さんも「僕たちの子どもはどんな絵を描くかな」とマリ子ちゃんの背を抱いた。

靖彦さんが「僕は芸術には明るくないんですけど、油絵は難しいですよね?」とアキに訊ねて、アキも気さくにこたえる。その会話に耳をそばだてながら進み、俺はクレパスで描かれた一枚の絵の前で足をとめた。

今回もアキを描いた絵がある。輪郭も目も鼻も口もいびつで決してうまいとはいえないのに、アキの絵はどうしてアキだってわかるんだろう。

「美里」

呼ばれて振り向くとアキが笑んでいた。

「この絵、気になるか」

横に来て一緒に絵の前へ立つ。

「うん、アキにそっくりだから」

「俺はもっと男前だろ」

澄まして言うアキのごくわずかに綻《ほころ》んだ目尻に安心感を抱いた。俺が笑うとアキも笑う。

額縁の下には『さぎさわめぐみ』と名前があった。

肌色の輪郭はぼこぼこ。指の長さは全部同じ。目は細くつり上がって、真っ赤な唇は裂けている。なのに一本一本の線を丁寧に描こうとしていることや、色がはみださないように慎重に縁取っていることがわかる絵には、見れば見るほど努力や愛情が滲みでてくる。

「この絵を描いたメグっていう子は、利き手を怪我してるんだよ」

「え、そうなの？」

「ああ。俺の大学時代の友だちの子なんだけど、交通事故の後遺症でまだ指が麻痺《まひ》してるから、リハビリをかねて絵を教えてやってくれって頼まれて面倒見てる」

「……そうだったんだ」

どうりで線がいびつで丁寧なわけだ。

「お互いの肖像画を描こうって決めてこれを描いた。最初はすぐ苛立って大泣きして大変だったんだけど、でき上がる頃にはなんとか落ち着いてね。メグの記念すべき第一作目だよ」

アキとメグちゃんにとって、様々な葛藤や希望をぶつけ合って懸命に描き上げた思い出深い作品なんだと思った。どんなふうに二人で描いていたのか、なんとなく想像できてしまう。

「アキ、すごく怒ったんじゃない？　大泣きなんてされたら『自分のためだろ、くよくよするな！』とか怒りそう」

「よくわかるな、元生徒だからか？」

「うわあ……それ子どもには酷だよ。ちょっとは加減してあげなよ」

「これでも昔よりは言葉を選ぶようになったよ。でも無駄に宥め賺《すか》したりはしないな。下手なら下手だって言うし、本人が納得いくものを描けたって言えば褒めるよ」

……そこは昔とあまり変わってないな。まあ俺も嘘の褒め言葉をもらっても嬉しくないけど。今一緒に仕事をしている担当さんも、悪いところを指摘してくれるうえに無駄に褒めないから好きなのだ。自分の才能を勘違いすることなく成長できる。

「あんた、酷くないか？」

突然割り込んできたのはシーナだった。

「下手なんて言ったら相手が傷つくことぐらいわかるだろ、もっと考えてあげろよ。怪我は怪我なんだ、優しく労《いたわ》って気づかうべきだろうがよ。それがあんたのお得意のスパルタか？　美里さんもそうやって傷つけて泣かしてきたわけか！」

シーナがアキのスーツの胸倉を掴んで睨み上げた。

「よせ、シーナ」

咄嗟にシーナの腕を引いてとめたが、アキは動じることなくしごく落ち着いた眼差しでシーナを見返している。

「キミはスポーツでもなんでも、なにかに夢中になった経験はある？」

アキの問いに、シーナは訝しげに眉を歪める。

「中学の時、野球やってたけど……？」

「なら想像してごらん。もし自分がメグと同じように手を怪我して、以前より明らかにボールもバットもうまく扱えていない自覚があるのに〝大丈夫だよ〟〝すごく上手だよ〟って無理矢理褒められたら嬉しいか」

「なっ……」

「同情は蔑《さげす》みにもなる。俺は怪我人だろうとなんだろうと、全員平等に扱うのが思いやりだって信じてるよ」

アキの言葉にシーナは明らかに動揺していたが、声を張り上げて食らいついていった。

「ハンデがあるのは事実だろ⁉　俺は怪我ごと受けとめて守るべきだと思う！」

「怪我が治らなければ一生特別扱いし続けるのか」

「そうだよ！　俺は逃げないし見捨てない！　なにもできないけど傍にいる‼」

「〝なにもできない〟っていうのは〝なにもする気がない〟と同義だぞ」

「うるせえ、俺はあんたとは違うっつーんだよ‼」

シーナの無茶な主張が、メグちゃんに対するものじゃなくなっているのをその場にいる全員が気づいていたと思う。シーナが一方的にアキに好戦的な眼光を向けた状態で、苦々しく、いたたまれない沈黙が流れる。

「……キミなら、俺が美里に言ってやれなかったことも言えるんだろうな」

やがてアキはそうこたえると微苦笑した。

「ありがとうシーナ君。キミの意見も参考にさせてもらうよ」

言えなかったこと。

再会してから大人びて感じられていたアキの顔に、ごくわずかに二十一の頃の影が過った。

「当たり前だ、俺はあんたみたいに美里さんを捨てたりしない」

捨てられたわけじゃない。

強くそう思ったけれど、無論そんなことは言えなかった。


一通り絵を観終えたら、アキが「せっかくだから上の階にあるレストランで一緒に食事しませんか?」と誘ってくれて全員で移動した。

最上階にあるレストランは、天井が高くて陽光がこれでもかというほど明るく差し込む静かでお洒落《しゃれ》な内装をしていた。

窓辺の景色のいい席を選んで、マリ子ちゃんと靖彦さんはソファー席、俺とシーナは向かいの椅子席、俺の右横にアキが腰を下ろす。

メニューを見てアキはミートソースドリア、俺はトマトのスープパスタ、シーナは和風ステーキのセット、マリ子ちゃんはオムライス、靖彦さんはビーフシチューを頼んだ。

俺がマリ子ちゃんに「今の時期は食欲どう?」と訊ねると、マリ子ちゃんも「鉄分とりたくてー」などと教えてくれる。

「マリ子が食べないと残飯処理するのは僕だから結構太りましたよ」

靖彦さんも肩を竦めて笑った。

輪の中に妊婦と旦那さんがいると、そこから幸福や生命の光が発せられているような目映い錯覚がずっとある。高校や大学の男友だちとむさ苦しくがやがや連《つる》むのとはまるで違って、神聖な雰囲気が淡々と漂っていた。

「予定日ももうすぐですよね」

アキも興味深げに訊ねて、靖彦さんが「ええ」とこたえる。

「来月です。女の子なんですよ」

「ああ、娘さんいいですね。お名前も決まってるんですか?」

「それがねえ、僕たちの親もああでもないこうでもないって騒いで、なかなか」

靖彦さんが大げさに困った顔をしたので、みんなで笑った。

　アキは子ども好きだからか靖彦さんと話すのも楽しそうだった。マリ子ちゃんのお腹の子の話題を中心に、初対面なのに和気藹々《わきあいあい》と会話に花を咲かせる。

「僕の友だちにも去年子どもを授かった夫婦がいて……」と朗《ほが》らかに話すアキを見ていると、アキの周囲の人もアキ自身も、昔とは違うのだと感じ入った。

　この人は俺が知っている、無力さに嘆いていた子どもじゃない。

「秋山さんは本当に子ども好きですね」

　靖彦さんが感嘆すると、アキは、

「ええ、好きですね」

　とはにかんだ。

　俺は男と付き合う自分を恥ずかしく思った。

　アキに『女ならよかったのに』と言われた自分を、仲間外れの異分子に感じた。

　料理が揃って食事を始めても和《なご》やかな空気に水を差すようにシーナだけが無愛想にしている。どうして人を気づかうことができないんだろう。シーナの恋人である自分を誇れもしない。

　シーナと自分はこの場に相応しくないガキ同士だった。

　結婚も子どももできない付き合いを怠惰に続ける、恋人ごっこをしているガキだった。

「あ、すんません。ちょっと席外します」

　シーナの携帯電話が鳴ってレストランの外へ足早にでていくと、俺は本当に一人になった。

「秋山さん、ご結婚は？　秋山さんも立派なお父さんになりそうですよね」

靖彦さんがにこやかに首を傾げて、またアキに問う。

俺も今のアキなら赤ん坊をだっこして微笑む姿を、昔より鮮明に想像できる。傍らには可愛くて少し気の強い、アキとしっかり渡り合える奥さんがいて、幸せそうで。

「いいえ。僕はまだ自分の面倒を見るので手一杯の半人前ですから。教室の子どもたちもとても可愛いですすし充分です」

「へえ。……なるほどね」

マリ子ちゃんが「靖彦さんのシチューちょうだい」と会話を割った。甘えるマリ子ちゃんに靖彦さんがこたえるかたちでアキとの会話が中断すると、アキは俺に向きなおった。

「さっきごめんな」

小声でそう言って苦笑する。

え、なにが、と問うより先に、

「シーナ君不機嫌にさせちゃったな」

と謝られて困惑した。

「どうして……？　アキが悪いんじゃないでしょう」

「いや、俺はこんなだからそりの合わない相手とはとことん駄目なんだよ。おまえにも話したことがあるだろ」

俺は右手にフォークを持っているのを忘れて落としそうになった。

言葉をうまく扱えない不器用さを反省していると教えてもらったのは、恋人になった日だった。俺の家で一日抱き締め合って、だらしなく過ごした時間に。

「違う、俺が悪いんだよ。今月に入ってから〝執筆の仕事に集中したいからしばらく会いたくない〟って言って怒らせてたんだ。で、今日久々に会ったから。巻き込んでごめんね」

「ああ……そうなのか。創作家の時間の使い方はなかなか理解されないものだよな。俺の先輩にも恋人と別れたりくっついたりし続けてる忙《せわ》しない人がいるよ」

……アキはなんでこうなんだろう。俺が自分を縛りつけて身動きできずにしている悩みを、容易く打ち消してしまう。

「バイトとか食事とか睡眠すら煩わしくなるんだよ？　書きたい時は中断しないで書いていたい。〝この時間に食事〟とか〝睡眠〟とか決めて行動することができない。だから人と会う約束をするのもままならない。……人として駄目なんじゃないかな、こういうのって」

「創作家としては俺の好きなタイプだよ。没頭して黙々と書き続けて、書いて書いて書く。自分の世界にそれだけのめり込める。世間の流れからも離れて孤独に創り続ける。格好いいよ」

「格好よくないよ、人間失格だよ」

「常人らしく常識や枠にはまらずに、我が道をいくところが格好いいんだろ」

「……はみだし者の格好よさ？」

「そう。仕事が落ち着いたら彼ともちゃんと話し合ってごらん。時間はかかるかもしれないけど、どんな仕事をしてたってお互いを尊重していくのは必要なことなんだから」

アキが微笑んでいる。

「『捨てたりしない』って本気で怒ってくれていい彼氏じゃないか。今度は幸せになれるよ」

そんなふうに優しく笑わないでと言いたかった。俺たちの付き合いは大昔の子どもの戯《たわむ》れだった、すべて終わって片づいている、というような、他人の顔をしないでと嘆きたかった。

「うん……。わかった、ありがとう」

夢みたいな譫言が嫌いなくせに、こんな時だけ〝幸せになれるよ〟と当《あ》て所《ど》ない希望を口にする。アキが愛しくて憎かった。彼を苦しめた、女になれなかった自分を引き裂きたかった。

「スープパスタ美味いか?」

空気を切りかえるようにアキが続けてくれて、俺も「うん、美味しいよ」と笑顔を繕う。

そういえばアキはさっきからドリアにまったく手をつけていない。

「アキはどうして食べないの」

「ドリアは熱いだろ?　少し冷めるのを待ってるんだよ」

口をへの字に曲げて哀しそうに言うから、可愛くて泣きたくて、吹きだしてしまった。

「なんだよ、食べなよ、大人でしょっ」

「大人と猫舌は関係ない」

「違うの頼めばよかったのに」

「だめ。ここのドリアは一週間毎日でも食べられるぐらい好きだから」

「そんなにっ?」

「初めて食べて以来、展示会中は結構な頻度で食べてるよ。熱いのだけが難点だ」

この人のこういう可愛さが昔とても好きだったけれど、今もなお胸が震えることが辛い。

「俺のパスタ食べてみる?」

「いらない」

アキを嫌いになれる日なんかこないのに、女になれる日もまた永遠にやってこない。

「失礼だな、一口ぐらい食べろよ」

俺が強引に皿を交換してやったら、アキは「あーあー……」と肩を落とした。

「ドリアが好きだって言ってるのに……」

「好き好き言うから気になるんだろ。俺にもちょうだい」

「あ、こら、一口だけだぞ」

スプーンを取ってドリアの端っこをほぐして食べる。コクのあるミートソースと蕩けるチーズが口の中でとろんと絡んですごく美味しかった。

「美味しい!」

「うん、これも悪くないよ」

アキもパスタを食べて褒める。

「ほら美里、満足したら返しなさい」

「もう一口」

「なくなるだろ」

「そんなに大食らいじゃないですー」

子どもらしくばかみたいに舌をだしておどけたら、むっとしたアキに耳たぶを引っ張られた。

「いたっ」と睨み返しながらそれでも、触ってもらえて嬉しかった。

「しっくりくるなあ……」

靖彦さんが俺たちを眺めながら眼鏡のずれをなおしてにやと笑むと、シーナも戻ってきた。

「なにやってんスか」

俺とアキは黙ってお互いの料理を元に戻す。叱られた子どもみたいに。

「あんたらなあっ、」とシーナが鼻息荒く激昂《げっこう》したのを、靖彦さんが笑顔で遮った。

「シーナ君は仕事はどうなの？　就職してようやく一ヶ月ぐらいだっけ。入社前から研修してるならもうちょっと経ってるのかな」

「あ……はい、うちは研修が長くて三ヶ月もあるんで、まだ配属部署も決まってませんけど」

シーナはなぜか靖彦さんには逆らわない。年長者で会社でも地位のある人だから偉いと思っているらしかった。

「ふうん。しっかり研修させてくれるいい会社に就職したんだね」

「はい。でも電話研修とかでわざわざ都内の会場まで行って半日拘束されたりするんですよ。やってることが中学生みたいで張り合いもやりがいもないです」

マリ子ちゃんが煙たげな顔で、

「初歩的なことから丁寧に教えてくれるなんてありがたいじゃない」

と抗議すると、シーナは茶化されたと勘違いしたらしく、いたずらな子どもっぽく笑って「うるせー」と言い返す。

「社員さんはどんな人たち？　呑みに行ったりして親睦《しんぼく》を深めるってこともまだないのかな」

「ないですね。先週から営業部の先輩について研修してるんですけど、誘われても呑んだりはしてないんで、なんとなくいい人だなってぐらいです」

「誘われても行かないのか。面白いな、シーナ君は」

「はじめは行ったんですけど、変に気をつかって疲れるっていうか……俺炭酸無理なんで、ビールも苦手なんですよ。なんで呑みっていうと皆最初にこぞってビール呑むのかなあ」

靖彦さんが「ははは」と屈託のない笑い声を上げる。シーナは靖彦さんが笑ってくれたのが嬉しかったのか、後頭部を掻いて「好きな酒も呑めない呑み会は正直しんどくて」と続けるが、俺は理解し難くて口を噤《つぐ》んでいた。

フリーターの自分は立場上突っ込み辛いが、それって違うんじゃないだろうか。

「シーナ君」

鋭い声で口を挟んだのはアキだった。

「上司や先輩に誘われたら、勉強させてもらえるんだと思ってついて行った方がいいよ。ビールも呑みな、苦手なら乾杯の時に口をつけるふりをするだけでいいから。それがビジネスマナーだよ」

シーナは「はあ?」と右目を眇《すが》めて、不愉快そうに顔をしかめる。

「秋山さんは就職したこともないんでしょ、ビジネスマナーなんてわかるんですか」

「確かに会社員の経験はないけど、だからこそ人付き合いは大事にしてるよ。仕事内容より相手との関係の深さで、簡単に依頼が増えたり減ったりするからね」

「そういう接待なら仕事だから行きますよ。つか、家でだらだら絵なんか描いてる人に偉そうに叱られたくないですね。秋山さんがしてるのは所詮《しょせん》子どもの遊びの延長じゃないですか」

子どもの遊びの延長……図星をつかれたような絶望感を一瞬だけ抱いたのは、少し前まで自分が悩んでいたことだったからだ。

「椎名」

アキが再び呼んだ声音にはあだ名にはない名字としての確固たる強い響きがあった。

「俺の仕事はどう思おうとかまわないよ。でも美里の仕事まで同じように侮蔑《ぶべつ》しないでほしい。ちゃんと認めて、理解してあげてくれないか」

アキ、と自分の口から洩れた声が、本当に声になったのか判然としなかった。

「美里さんは……認めてる。賞をとって、評価されて、働いてるんだから」

シーナはぎくしゃくした切れ切れな物言いでこたえた。

アキの勢いに押されてしかたなく言ったというのは、子どもの俺でもわかってしまった。


食事を終えると、アキが駐車場まで送ってくれた。

「じゃあまたね」と挨拶を交わして、マリ子ちゃんは靖彦さんと、俺はシーナと車をとめた場所へと身を翻したのだけれど、その刹那アキが俺の手をくっと引き戻して、耳元で早口に、

「彼は悪い奴じゃないよ。美里を想ってるし、これから大人になっていくから信じな」

と言ってすぐ、背中を押しやった。

たたらを踏んで二、三歩進んでから振り向くと、アキはスーツのスラックスのポケットに手を入れて微笑している。あどけなく、優しく。

うん、と無言で頷いた。でも気づいていた。俺はシーナの言動を顧《かえり》みて〝そうだ、成長していくはずだ〟と希望を見いだしたわけじゃなく、ただ単純にアキの言葉だけを信じたことに。

じゃあな、と口だけ動かしてアキが手を振った。

俺はもう一度頷いて返事をして、その場を離れた。

次に会うのはまた展示会だろうか。それともこのあいだみたいに偶然本屋か町のどこかか。

アキとは今後一生、こんな胸が千切れそうな些細な別れを繰り返し続けて、お互いにいずれ知らないどこかで死んでいくのか。だとしたら永別の言葉さえ言えないのか。

帰ろう。帰って書こう。手元にあるあの物語を、はやく読者さんとアキに届けたい。

信念を持って書き続けよう。憧れ続けたアキが絵に対して持っていた意志、十八の頃の俺は持っていなかった、今はここにあるもの、アキがくれたもの、これが俺の希望だ。

恥じたりしない。小説を創る時間が楽しいし愛している。胸を張って届けられるものを書き続ける、夢をくれたアキにも恩を返せる作家になる。

「シーナ」

車に乗ってシーナに声をかけると、

「美里さん、俺をガキだと思ってるんでしょう」

と先んじられた。シーナは前を向いたまま奥歯を噛んで、苦しげに眉を歪めている。

「おまえは俺が小説の仕事をしてることを子どもの遊びの延長だと思ってたんだね」

俺もシーナとは今ここでお互いの本音を晒して、なにもかも話し合うつもりでいた。

「シーナの感覚はわかるよ。俺も最初にアキが絵の仕事をしていくって教えてくれた時は芸術関係の仕事のことをよく知らなくて、夢みたいで非現実的だって思ったから。でも見下したことはなかった。そういうアキに憧れてた。……俺も今は作家として働いてる。おまえに憧れてほしいなんて言わないけど、ばかにされてたんじゃ恋人としては続かないよ」

「早速別れ話ですか」

「腹割って話そうとしてるんだろ？」

「もういいよンな言い訳は！　正直に言えばいいだろ、とっとと別れてあいつのところに帰りたいって‼」

　怒鳴り声を上げたシーナがハンドルを両手でドンと叩いた。

「あんたら二人して俺のことばかにしてる！　ああそうだよ、どうせ俺はガキだよ、世間知らずのクソガキだよ！」

「責めてるんじゃないだろ、おまえが会社に就職して働いてるのは立派だと思ってるよ」

「適当なこと言うんじゃねえよ！」

「適当じゃない。俺は小説を書きたくて頑張ってきたけど、大学卒業してからは友だちがみんな社会人として自立していくのを見てて恐かったんだよ。自分は社会にでることから逃げたのかもしれないとまで考えた。年上のプライドが邪魔しておまえにも言えなかった」

　シーナが表情を無にして俺を見返す。

「作家として自分に才能があるのか、悩んでもいたから余計だった。でももう迷う気はない。劣等感を整理できるぐらい作家の仕事に誇りを持って続けていくよ。おまえはどこまで理解してくれる？　こういう仕事をする男の俺と、本当に付き合ってくれるのか？」

「……って、んなの、」

「なんだよ、言えよ。俺と付き合ってたら長期間会えないことだってあるよ。メールもしない。学生の頃みたいにはいかない。おまえの知ってる恋人同士の付き合いや常識とは違うだろ？　俺にはそれができないよ」

「美里さんはさ、」とシーナがぼそぼそなにかを言って、俺が「え？」と身を寄せたら、

「美里さん……それ、あんたはどうなんだよ」

と低くくぐもった声でシーナが唸《うな》った。

「俺……？」

「美里さんは俺と会わなくても辛くないんだよな。どこで誰となにしてるか全然気にならない。メールで『おやすみ』とかさ、短い挨拶するのすら嫌で、行動を知ろうとも思わない。それって秋山さんでも？　秋山さんだったら毎日毎日べたべたべたべた、どこでなにしてるのか誰といるのかどんな話をしてるのかなに食べてるのか気にするんじゃねえの？」

はっと息を呑んでしまった瞬間、シーナは俺の腕を摑んでドアに押しつけた。

「ほら、なんだよその顔。ビビってんじゃねえよ、言えよ〝アキが好きだ〟って‼」

摑まれた腕に酷い痛みを感じながら目をそらさずに押し黙っていると、シーナが声を張り上げて叫んだ。

「あああもうこんなこと言いたくなかったよ‼　女々《めめ》しいって思われたくなかったから‼　女みてえにぐだぐだ言う男になりたくなかったからさあ‼」

「シーナ、」

「腹割って話すんだろ⁉　はやく誰が一番好きなのかはっきりさせろよ‼」

目の前でシーナの眼球が鋭く光って、瞼が怒りで震えている。

〝言えよ〟

〝誰が一番好きなのか〟

〝はっきり〟

「……俺は、」

シーナを見返して唾を飲み込みながらも、脳裏をアキの姿が占めていた。

知っている。自分が誰とどんな愛情を共有してきたか。どんな絆で今なお結ばれているか。人生を明るく彩っているのが誰なのか。

「一番なんて……そんな、順位で安っぽく語れる相手じゃ、ない」

「は？」

「アキは、俺の人生の軸だよ。……アキがいなかったら、俺は、生きていけない」

この想いは五年前に生まれた時から、未熟で幼いぶつかり合いをいくつも経て無二の愛情に変化していった。若くて心の柔らかい時期に胸に刻んだ想いだからただでさえ根深いのに、再会して歳を重ねて変化した現在の環境の中でも、唯一の理解者として救われながら絆は深まっていくばかりだ。

これは誰もが得られる愛情じゃない。

恋や愛だと思うもの、あるいはそう決めたものをいくつか経験してさえも愛情に信頼を持てない人や、自分を理解できるのは自分一人だと感じ続ける人もたくさんいるだろう。

だけど俺にとってアキだけは違う。理解し合い許し合い信じ合えるアキは俺の命の一部だ。アキと巡り会ってしまった俺は永遠に一人にはならない。孤独も、アキだけが俺に与えられる。たとえ恋人じゃなくとも。今後死ぬまで二度と会うことがなくとも。

「アキは軸で、俺の支えだよ。……おまえには、最初から教えてただろ。これが俺なんだよ」

忌々《いまいま》しい、というような顔でシーナが歯ぎしりしてから唇を塞いできた。歯を立てて唇を押し開かれて、奥まで貪《むさぼ》られる。下唇を噛まれて酷い痛みが走り、胃まで引きつった。

「ンンっ、」

抵抗しても手を束縛してねじ伏せられた。カーディガンの下、ジーンズに入れていた長袖シャツを引き抜かれてシーナの手が肌を直に撫でてくる。

「シー……こん、なとこ、で……嫌だっ、」

「やらせろよ、一度ぐらい！　こっちは一年以上あんたのために耐えてたんだからっ！」

シーナの一言に貫かれて我に返った。

作家の仕事を理解してもらえない辛さに囚《とら》われて、自分がシーナに許され、守られていた部分がきちんとあったことを思い出した。自分の薄情さと狡猾さに、自分で動揺する。

「シ、……待っ、」

シーナの口が俺の首筋を噛んだ。親指が乳首に触れて押し潰した。

アキが噛んだところ、アキが吸ったところ、アキが舐めたところ、愛してくれたところ。

今度は幸せになれるよ——さっきアキがくれた笑顔が過って目を瞑って唇を噛んだら、その瞬間ふいに、俺が背をあずけていたドアがぐらっと開いた。

「シーナ、あんたなにしてんのよ‼」

シートの上でよろめいた俺の上半身を抱きとめてくれたのはマリ子ちゃんだった。大きなお腹が肩に当たる。

「このレイプ魔‼　あんた男として最低だよ⁉」

マリ子ちゃん、と俺が呼んでも彼女の怒鳴り声はとまらなかった。

「二番目でいいって言ったんでしょ⁉　守っていくから、傍にいるからって、言葉ばっかりご立派で、あんたちっともそんな覚悟ないじゃない‼」

「おまえになにがわかるんだよ！」

「わかるわよ‼」

「笑わせるな、あんた女だろ⁉　男同士の苦しみなんてわかられて堪るか‼」

シーナが初めて差別の言葉を言った。

はっきりと、マリ子ちゃんに対して。

「黙れ！　女には女にしか喪《うしな》えないものがあるんだよばか野郎‼　女を見下すあんたにだってわたしが苦しんできたことは一生わからないよ‼　もうあんたのこと絶対に許さないからね。あんたに美里君はまかせられない、わたしが渡さない！　手ぇ離しなさいよ‼」

駐車場に一際大きくマリ子ちゃんの声が反響した。

それからしばらくして靖彦さんがやって来るまで、俺たちは身動き一つできずにじっと口を噤んで、切迫した沈黙の中でそれぞれの想いや記憶を持て余していた——。

あと数十ページで書き上がる。

パソコン画面の隅に表示しているカレンダーには三月二十八日とある。時刻は八時過ぎ。

アキのお絵描き教室の展示会に行った日から四日経っていた。

あの時駐車場で、マリ子ちゃんは俺への差し入れにと用意していたお菓子を渡しに来てくれたところで鉢合わせたのだそうだ。結局マリ子ちゃんが俺とシーナを二人にはさせられないと主張して、靖彦さんの車で家まで送ってもらってしまった。シーナと話さなければいけないことがあるんだと訴えても、靖彦さんにも『日を改めなさい』と窘《たしな》められたのだった。

一人で車中に残されたシーナの、苦渋に歪んだ表情が脳裏で燻っている。『お互い落ち着いたら会おう』と送っておいた携帯メールの返事もない。

〝落ち着いたら〟というのは心情面を指して言ったのだけれど、もしかしたら〝仕事が落ち着いたら〟という意味合いに勘違いされているのかもしれない。やっぱり仕事を優先するんだな、と怒っているのかも。……作家のくせに肝心なところで言葉づかいが下手で辟易《へきえき》する。

　集中が途切れて手をとめたら、唐突に空腹感が訪れた。ああそういえば昼からなにも食べてなかったなと思い出す。で、そのタイミングを見計らったように携帯電話が光りだした。

　パソコンディスプレイの横で〝マリ子ちゃん〟の文字を点滅させている携帯電話を取る。

『美里君、こんばんは！』

「こんばんはー」と俺もこたえてちょっと笑ってしまった。マリ子ちゃんはいつも元気だ。

『仕事忙しくなかった？　今大丈夫？』

「うん、ちょうど食事しようと思ってたところだよ」

　椅子を立って、キッチンの冷蔵庫へ移動して中を探る。小型の冷蔵庫は冷蔵室と冷凍室が一つになっている氷もろくにつくれないぽんこつだけど重宝している。バナナが一房あったから肩に携帯電話を挟んで一本取った。

『あれからシーナ君とはどう？』

「まだ話せてないよ。……本当ごめんね、靖彦さんにも迷惑かけたよね。今度お詫《わ》びさせて」

『いいの。レイプする男は最低だって、靖彦さんも呆れてたよ』

「でも俺のせいだしな」

『えっちしてないから？』

「まあ……それも含めて色々」

『靖彦さんも十ヶ月我慢してくれてるけど？　性欲我慢したら偉いとか猿の感覚だよ』

苦笑いしながらバナナの皮を剝いて部屋へ戻る。ベランダへ続く硝子戸のカーテンを開いて外を眺めたら、すっかり夜になっていた。

『美里君がアキ先生をいまだに大好きなのは確かに面倒臭いよ。でも初恋ってそういうものじゃん。その後の恋愛にずっとつきまとうんだよ。好みのタイプとかにも影響してさ。わたしシーナ君に初めて会った時、あーって思ったもん』

「〝あー〟?」

『〝あー……アキ先生だな〟って。が、い、け、ん、だ、け、ね。わたしも高校の頃に先輩と一緒に聴いてた古い昔の曲があるんだけど、靖彦さんがそれを好きで自分もよく聴いてるって教えてくれた時運命感じたよ。先輩なんて大嫌いで最低で最悪で許せないけど、でも憎しみとか怒りと一緒に、やっぱりちょびっとは残ってるんだよね。自分の中に』

「うん……そうだね」

初恋は必死で無鉄砲で純粋すぎて、みっともなさや恥ずかしさと綯《な》い交《ま》ぜになりながら絶えず胸の奥で瞬き続けるものなのだと思う。

あんなに酷かった先輩を完璧に嫌わないマリ子ちゃんが好きだった。許せなくても憎んでいても一時の幸福をくれた記憶も捨て去らない、そんな寂しい慈愛を秘めているマリ子ちゃん。今靖彦さんといて幸せだからこそ先輩から受けた仕打ちを許容できるようになっているのかもしれないが、それならそれで祝福したい。

『好きな人の二番目が辛いのは知ってるよ、美里君もでしょ？　だからわたし、シーナ君のことも見守ってたよ。でも美里君がシーナ君をちゃんと好きになれないのはシーナ君自身のせいでもあるでしょう？』

「ん――……学生の頃はよかったんだけど、今年に入ってからお互いの環境が変わって、仕事や恋人付き合いの価値観がずれてきちゃったのは問題なのかな」

『それもアキ先生が「認めてやって」って言ってたよね。アキ先生は美里君と価値観が合うんじゃない？』

　俺は視線を落としてバナナを咀嚼した。

『靖彦さんが「秋山君は今も美里君を愛してるんだね」って言ってたよ。「社会にでたらみんな僕と同様に冷たい人間ばかりだよ」って。「シーナ君みたいな新人は黙って切り捨てていくだけだ。なのに秋山君は叱ってあげた。あれは美里君のためでしょう」ってさ』

「え、靖彦さんってそんなこと言うの？　冷たい人間って？」

『あれ、気づいてない？　靖彦さんは腹黒いよ。外面はいい人ぶってるけど内面は真っ黒なの。「シーナ君の上司はどう思ってるんだろう、仕事面で優秀なら性格の難も多少は目を瞑るけど僕らも人間だからね、仕事ができなくとも努力する子の方が可愛いし面倒見てあげたくなるよね」ってにんまり笑いながら話してた。もう、そういうところが素敵で堪らないっ……』

　マリ子ちゃんがうっとりため息をついて、俺は当惑しながら頭を掻く。

「つまり、その……シーナは今のままだとどうなるんだろう」

『それはシーナ君次第でしょう。靖彦さんは「秋山君が叱らなければ面白いぐらい転落していったかもしれないのに」って残念がってたけど』

残念がる、という非道さに寒気がした。

「靖彦さんって恐いね……マリ子ちゃん平気なの？」

『わかってないなー美里君。恐いのは暴力でしか口が利けないばかだよ。靖彦さんはサドなの。サドは知的で頭がよくなくちゃなれないの。わたしの持論』

「な、なにそれ」

『DVとかする奴はクズだし、ただのいじめでしょ。サドはマゾを上手に転がせるだけ頭もよくて口もうまくなくちゃいけないから』

「マリ子ちゃんはマゾなんだ……」

『美里君もじゃん』

「ちょっ、マリ子ちゃん俺のことマゾだと思ってたのっ？」

『だってアキ先生サドだもん。靖彦さんは怒る時だけ敬語をつかうんだよ……素敵。美里君も〝これこれこうだから貴方の方がおかしいでしょう？　わからないんですか？〟とか正論で責められるの好きじゃない？　展示会の時のスーツ姿の先生っぽいアキ先生で想像してみて』

マリ子ちゃんが楽しげに煽るからげんなりして額を押さえた。

うふふっと笑ったマリ子ちゃんが咳払《せき》いして『さてと』と続ける。

『色々言っちゃったけど、ここまではわたしがつい一時間ぐらい前まで思ってたことね。じつは美里君に報告があるの。さっきうちにシーナ君が来たよ』

「え、シーナが？」

食べ終えたバナナの皮をゴミ箱に放り、ベッドへ腰掛けて居ずまいを正すと、マリ子ちゃんが深呼吸してから重ねた。

『シーナ君、今日また美術館に行ってアキ先生を殴ってきたんだって。五年前美里君を捨てた制裁と、最後の餞別《せんべつ》にって』

「制裁？　餞別って……、」

『それでそのことをわたしから美里君に〝ばかがまた暴走してアキ先生に迷惑かけた〟って体で告げ口してほしいって頼んできたの。要は悪者にしてくれってこと。美里君が自分を恨んで嫌ってさっぱり忘れて、秋山先生のところへ戻れるようにけしかけてくれってさ』

呼吸を忘れた。悪者にして、自分を恨んで嫌って、忘れてって――。

『わたし演技とかできないから。シーナ君と美里君には悪いけどそのまま言わせてもらったよ。……あいつばかだよね。男になるのが遅すぎるんだよ。ほんと、ばかシーナ……っ』

マリ子ちゃんが泣き笑いになる。

俺は顔を上げて時計を見た。九時十分前。

「わかった。マリ子ちゃん、ありがとう」

お礼を言って通話を切ると、俺は服を着がえて急いで家をでた。首に引っかけてきただけのマフラーをきちんと巻きなおしながら、まだ寒い薄暗い路地を駆ける。

行かなくちゃ。


シーナと付き合い始めて一月《ひとつき》経った頃、彼の部屋で一緒に映画のＤＶＤを観たことがある。青春コメディで笑える場面ばかりの物語だったのに、シーナはなぜかぱらぱら泣いていた。登場人物の中に一人、両親が離婚して家が貧乏でいつも薄汚い格好をしているのに、主人公たちと毎日明るく笑っている女の子がいて、その子がすごく好きなんだと教えてくれた。

自分の境遇に嘆いて腐ることなく、前向きに受け容れて生きようとしている。

主役ではない。脇役で、彼女は特別幸福になることもなく物語は終わってしまうけど、でもシーナにとっては一番輝いて見えたのだそうだ。

『辛くても、一生懸命頑張ってる健気《けなげ》な子が好きなんです』

俺はそれを、とてもシーナらしいと思った。

セックスをしないかわりに、時折俺を抱き締めたまま口を閉じて、長いあいだじっとしていることがあった。どうしたのと訊いてもこたえないから、そのうち俺も諦めて黙って抱かれている。あの時なにを思っていたんだろう。

『美里さん。……俺、貴方の小説は読まないよ』

どっちでもかまわないよ、と、俺はこたえたんだったか。

『俺は中谷《なかたに》美里だけでいい。ここにいる貴方をくださいね』

あの時は、シーナはなにを思っていたんだろう。

アキとはたいてい家の中で過ごした。でかけたのは二回だけだ。でもシーナとは色んなところへ行った。海にも山にも、遊園地やショッピングモールや人気のデートスポットにも。

哀しみに暮れて閉じこもっていた俺を外へ連れだしてくれたのはシーナだった。

許され続けてきた。甘えてきた。

俺はシーナになにか返せていたんだろうか。シーナが欲しかったものを、与えられていたんだろうか。

「シーナ」

二度チャイムを押した。でも反応がないうえにドアの鍵が開いていたので勝手に上がった。

奥の部屋へ行くと室内は真っ暗で、正面の硝子戸からカーテン越しに鈍く外灯の光が入ってくるだけ。閉め切っているせいか暖房の熱風と、悪臭が襲ってきて気分が悪くなった。

見まわしてみたら部屋の中央に置かれたテーブルにさきイカやカシューナッツ等のつまみと、無数の酒缶が散らばっている。その横の布団に、仰向けに寝っ転がった酔っぱらいが一人。

「……なんで俺ンとこに来たんですか。ああ、あいつのかわりに殴り返しに来たってことか」

俺は上半身を屈めて無言でシーナの頭をぶち、布団の横にあるデスクの椅子に腰を下ろした。足元にあるシーナの脚を軽く蹴るが、起きようとしない。かなり酔っているみたいだ。

「そんなんじゃ効かねーよ。ほらほらどーぞ、俺はもっとすんげえ力で殴ってやったぜ」

「シーナ」

「バーンとガーンと思う存分やってみろよ、おら。あんたみたいな小説なんか書いてるひ弱な引きこもりじゃや、本気で殴られたところで痛くも痒くもないでしょーけどね」

「もういいから黙れ」

「やれよ。あんたの大好きな奴を殴ったんだぞ、俺ぁ」

「ばか野郎」

そっぽを向いたシーナは右手を胸の上に置いて、だらしなく脚を投げだしている。沈黙が流れる。寂寥《せきりょう》が天井からしんしん降っているような錯覚を抱く。

俯くと、シーナの無気力な左足があった。灰色の靴下の端に穴が空いて小指が覗いている。以前『普通は穴ぼこって親指に空かない？　なんでおまえは小指なんだよ』と笑ったら『惚れちゃうでしょ？』と得意気に胸を張って笑っていた。

「どれぐらい呑んだんだよ」

「……。ここにあるの全部」

目に入るだけで、空き缶は三つも転がっている。全部炭酸系の酒だ。

「あーあ。秋山さん殴ってやってせーせーしたわ。思いっきり一発やってやった。展示会場の入口のとこでさ、周りみんなぽかーんとしてやんの。ははっ、ちょーウケる」

シーナが大声で言って、腹を抱えて笑いだした。

「たぶんあれ口切れてんぜ。はやく行けよ。俺はもうあんたと話すことはないから」

「シーナ」

「あいつもあんたも目障りだ。お互い好きなくせに鬱陶しぃんだよ。俺と付き合ったりして、あんたはばかだ。ゲスだ。こっちは巻き込まれて二年間も無駄にした。迷惑だっつーんだよ」

俺は椅子から軽く腰を浮かしてテーブルに手をのばし、呑みかけの梅酒缶を取った。呑んでみると生温くて不味い。

「美里さん、説教しに来たんでしょ。〝おまえなんかアキ以下だ〟って、どうぞ怒鳴ってください」

「呆れて言葉もでないよ」

この状況を見れば、シーナが自己嫌悪して暴走したことぐらい理解できる。不器用で無謀で子どもで、優しい後輩。

「……ばかシーナ」

マリ子ちゃんが涙まじりに罵った言葉を真似た。

「ばかですよ俺は。……ばかですよ」

梅酒は半分以上残っていたが、炭酸が抜けている。シーナはアキと会ってマリ子ちゃんの家へ行ったあと、ずっとこんなふうに呑んでいたのだろうか。

「……俺はおまえに救われたよ。アキと別れてから自分に価値を見出せなくなっていたから、おまえに好いてもらって生きてていいんだってまた思えた。でも俺は、おまえに辛い部分ばかり引きださせる存在なんだろうね」

シーナはしばらく間を置いたのち、突然「まったくですよ」と声を荒げた。

「なんですかあれ、なんなんすか⁉ 貴方、俺といる時と全然違うんですよ！ にこにこ笑っちゃって、あっつい視線向けちゃって、嬉しそうに甘えちゃってさ。しかも人が電話から戻ってきたら注文した料理交換して食ってんの。は⁉ フツーに恋人同士だろうが！ なんっなんだよ、わっけわかんねえよ‼ 冗談じゃねえわっ、俺はピエロか‼ 『美里の仕事まで同じように侮蔑しないでほしい。ちゃんと認めて、理解してあげてくれないか』だってよ。愛しちゃってますオーラだしてンじゃねえよ！ まじうぜえあのハンサムスーツ‼」

俺は哀しさとおかしさに押されて吹きだしてしまった。自分の笑い声を聞いたら今度は寂しさが迫り上がってきて、それを蹴散らすように笑い続けた。

シーナは俺をちらりと一瞥《いちべつ》すると、唇を突きだして軽く脚を蹴ってくる。俺がまた梅酒を呑んだら、逃げるように背を向けた。

「美里さんは笑ってる顔が一番可愛いよ」

「へえ？」

「俺、美里さんの前で最後に笑ったのいつだろう。……憶えてねえわ」

シーナが洟《はな》をすすった。泣いているのかと察したが、そういう姿を見られるのを嫌う奴だと思ったので、俺は自分の手元にある梅酒の缶を眺めて梅の絵柄を指でなぞっていた。

「ありがとうシーナ。……ごめん」

そう告げたら、シーナが身を丸めて背中を震わせた。

「美里さん、言ってください」

「なにを」

「気持ちです〝アキ〟への」

「は？」

「最初の頃いつも言ってたでしょ。また言ってくださいよ」

「……なんで」

「いいから」

喉を押されたようなくぐもった声でシーナが俺の告白を求めている。

「……アキを、好きだよ」

シーナは黙っていた。緑色の梅酒缶を凝視して無視していても、泣いているのがわかった。にわかにこぼれた洟の音を隠そうとするように、外でバイクがけたたましく走り抜けていく。

「先輩と後輩でいた頃の方が楽しかったですね。美里さんと遊んでばっかだった」

シーナがぽんこつの中古車を購入したのは付き合う前だ。無計画に熱海《あたみ》や箱根《はこね》へ行っては、適当に温泉へ泊まったりして楽しんだ。夜中に街へでて、道の端から浮かび上がる硫黄《いおう》臭い煙を眺めながら他愛もない話をして歩いていると、もう一度人を好きになれる気がした。

「美里さん」

「ん」

「……美里さん」

なに、と顔を上げると、シーナが掠れた声で続ける。

「貴方が秋山さんと再会したって聞いた時、俺たちは終わったんだって気づいてました。貴方は秋山さんのところに帰っていく。俺はずっと貴方は自分のものじゃないって感じてたんです。秋山さんから借りてるだけだって思ってました。……いや、知ってました」

切々とこぼれる声に耳を澄ませた。一言残らず忘れないように聞こうと思った。

「貴方の人生に俺の居場所は最初からなかったのに、無理に割り込んで一人で傷ついて、空まわりしました。だからもう、帰ってください。貴方がいるのはここじゃないよ」

「……帰る、か」

「秋山さんは俺が怒鳴っても殴っても動じなかった。それどころか俺に『美里を幸せにしてやってほしい』って頭下げてきました。……敵《かな》わねえよ。俺は美里さんに自分を見てほしくて惚れてほしくて自己欲ばっかなのに、あの人美里さんのことしか考えてない。たぶん自分なんかどうでもいいんだろうな。美里さんだけが大事なんです。俺とはてんで違う」

暖房が背後からゴゴと風を送ってくる。

梅酒を呑んでいると、シーナは起き上がって俺にさきイカをくれた。

「……美里さん」とまた呼ばれても咽喉《いんこう》が痛くて、イカを受け取るので精一杯で声がでない。

「美里さんは前俺に、秋山さんが『女ならよかった』って言ったって教えてくれたでしょう。でもあの人、たぶんそんなこと言う奴じゃないよ」

下瞼に押しとどめていた涙がとうとう梅酒の缶に落ちた。再び梅酒を呷ると、シーナに非難がましい顔で「あんた、酔ってきたでしょ」と奪われてしまった。

「あ、もうほとんどない。美里さん酒弱いくせになにしてんですか」

「それすげえ不味いよ」

「炭酸きつくて途中でやめたんです。つか、あんた仕事してたんなら食事してないんだろ？空きっ腹でこんなに呑んだらぶっ倒れるじゃないですか」

「ンなに弱くねえよ！」

「嘘つけ」

シーナの足を蹴ってやったら、シーナも蹴り返してきた。繰り返し蹴っているうち必死になるシーナがおかしくなってきて、腹が痛くなるほど笑い転げて椅子から落っこちた。

「この酔っぱらいが！」

怒りながらシーナも笑っている。俺は胃が気持ち悪くて脱力して、もう動けない。それでも脚を弱々しく動かしてシーナを蹴っていると、シーナもふらふらして酒をこぼした。

「げっ汚ねえ……まあいいか、この布団もともと汚ねえし」

「わあもう最低だ、干せよ、万年床であーもう臭い！　臭い！　男臭い！」

「うっせー、この男好きが！」

怒鳴ってじゃれ合った。ばかみたいにはしゃいで、笑って笑って、泣いているのを二人してごまかし続けた。

二番目でいいなんて、そんなわけがないよな。アキとひとみさんを見てきた俺が、なぜそんな言葉を信じたんだろう。報われなくてもいいと思った。でもその何千倍も、同じ想いで愛し合えたらどんなに幸福だろうかと想っていた。俺が一番わかっていたはずなのに。

「秋山さんともう一度付き合うんでしょう」

「……どうだろう」

「ふざけんなよ。今格好よく別れ話してやったってのに無駄にするつもりか、おい」

「格好よく？　誰が」

「俺が」

はあ？　とわざととぼけたらシーナが俺の額をぺちと叩いてきて、また笑って蹴り合った。

「俺、美里さんとこういう関係になりたかったのかもなー……」

そのうち暴れ疲れて、並んで天井を仰いでいるとシーナが呟いた。

「美里さんが俺といてくれたのは、少しでも貴方に希望やら幸せやらをあげられていたからだって、思っててていいですか」

「当たり前だろ」

「……よかった」

絡み合ったままのシーナの脚から微《かす》かな体温が伝わってくる。

それから俺たちは口を結んで、この部屋に満ちる酒とつまみの匂いと、暖房の暖かさとを、しばらく眺め続けていた。


夜十一時が過ぎた頃、シーナが「今から秋山さんのところへ行ってください」と言いだして、俺は追いだされてしまった。

「今夜は帰るよ。俺酔っ払っちゃったし」

「うっせーとっとと行け。俺が殴った痕《あと》、真っ赤だったぞ！　腫《は》れてるかもな！」

「吐き気がして歩くのもしんどい」

「ざっけんな！　はやく行け酔っぱらい！」

最後はうしろから蹴られた気がする。なんだか腰が痛い。

　夜道を覚束ない足取りで進みながら、胃腸がアルコールに刺されてきんきん痛むのを感じた。今アキと会ってもまともに会話できないのは明白だったけど、それでも最後のシーナの言葉に従ってアキに電話した。

『……美里？』

　訝しげなアキの第一声が、酔っ払った俺にはなぜか妙におかしい。

「美里です。今からアキに会わないといけなくなったよ」

『は？　どういうことだ』

「約束したから。だから時間ください。どこにいますか」

『絵描き教室の授業が終わってからアトリエで絵を描いてたよ。なんだ？　おまえようすがおかしくないか？』

　ぼんやりして思考が働かないものの、今の自分がアキに迷惑をかけるのは予想できたから、順を追ってきちんと説明しようと試みつつ先に謝っておく。

「酒呑んでた。それでアキのところへ行かないといけなくなって、今外にいる。だから、ごめんなさい」

『まったく意味がわからないな』

　困って憤慨しているアキの顔が想像できて、俺は「ふふふ」と笑ってしまった。この陽気な気分のままなら、アキに会えそうだと思った。

『迎えに行くから場所を教えろ』

「みちばた」

『ちゃんと詳しく言え』

周囲に視線を巡らせて場所を確認する。自分がいる場所は駅の傍だから、アキのアトリエとの距離は徒歩十分程度だろうか。

真横の電柱に記されている住所を読んで教えると、

『近いな。すぐ行くから吐いて待ってろ、ばか！』

と怒鳴られた直後に通話が切れた。

電柱に寄りかかって息をつく。瞼が重たくなってきて、閉じないように堪えながら半開きで世界を眺めた。霞《かす》む路地をうつらうつら眺めていたら、小雨が降っていることに気がついた。顔は熱いのに、冷たい雨と風がマフラーやコートの袖の隙間に入り込んで身体が凍える。

立ったままだと寒いから足踏みした。動くとまた胃が揺れて吐き気が湧き上がってきて、うぅっ、と唸って身を縮めて、落ち着いてくると足踏みを再開する。

仕事が気がかりだった。帰って風呂に入って寝て酔いを醒まして、明日の執筆に備えたい。アキには会いたくない。心の準備をして改めて相対したいのが本音だ。なのにアキが雨道を歩いてここへ来る姿を想うと、光の塊が向かってくるような安らぎが自然と胸に満ちていく。熱い、安堵や幸福としか言いようのない存在。アキ。秋山順一という男。

「……寒い」

頬に冷たい雨粒が落ちてきて思わず呟いたら、ふっ、と吹きだす声が聞こえた。

瞼をこじ開けるとアキがいる。ロングコートのボタンを全開にした、いかにも慌てて走ってきたという風体で、荒い呼吸を整えているアキ。コートの下は薄手のシャツしか着ていない。首元の襟《えり》がコートに潰れて折れて、マフラーもなくて寒そうだった。髪にも細かい雨粒がまとわりついて光っている。頬は……右唇の端が切れているのか、わずかに血が滲んでいた。

「なにしてるんだ、おまえは」

俺の足元を顎でしゃくって、アキが近づく。

「……寒いから、足踏み」

「ったく……このばか」

左の掌で頭を鷲摑《わしづか》みにされて、叱るように前後にぐいぐい振られた。手を離すと身を翻して〝行くぞ〟というふうに歩きだす。

雨に湿った空気にアキの白い息が浮かんで綺麗だった。暗い夜道にぽつんぽつんと並んだ外灯が、濡れた地面を丸く照らしている。

うまく歩けなくて一生懸命アキを追いかけるんだけど、右に左に軸がぶれる。

やがて足をとめたアキが振り向いて心底不愉快そうな大きなため息を、はあっ、と吐いた。

「おまえどれぐらい呑んだんだよ」

「梅酒缶半分。……と、ちょっと」

「たったそれだけで千鳥足《ちどりあし》か？　酒に弱いんだな」

肩を竦めたアキは俺の右腕を摑んで再びすたすた歩きだす。

「い、いたい」

「おまえがふらふらするからだろ。まっすぐ歩けば痛くなくなるぞ」

そうは言っても、俺はどうして自分の身体がふらつくのかわからない。しっかり歩いているつもりなのだ。アキの背中を見て、アキから離れないように、隣にいるために、懸命に。

摑まれた手首がどうしたって痛くて、アキの厳しい横顔を眺めていると次第に哀しくなってくる。堪らなく哀しい。酒は魔物だ。感情を隠すだとか、偽るだとか、装うだとか、ちっともできないばかりか、その内密にしているものを膨らませていく。

哀しいと感じたらそれだけに囚われて、世界全体が寂しい雨に支配されて真っ暗闇になっているような恐怖に襲われた。逃げ場も隠れ家もない、為す術のない途方のなさに胸が締めつけられる。息苦しい。手が痛い。アキに触られている手が痛い。

「痛い……痛くて哀しい……」

「ん？」

「俺はもう酒だって呑める大人なのにっ……駄々《だだ》捏ねる子どもあやして引っ張ってくみたいな、そういうの、やめろよっ……」

「どう見ても駄々捏ねてる子どもだろ」

「違うっ」

「やれやれ。子どもに酒を与えると大変だな」

アキはまた足をとめると、雨に濡れた前髪をよけながら俺を見返す。俺も泣きたい衝動を抑えてアキを見上げた。

アキがいて、自分がいて、どちらも一人なんだと思った。少し尖った目で自分を見据える、十八の頃から愛しんできたアキは一人。俺ももう、味方を失って一人。

ふいにアキが俺に背を向けて身を屈め、

「おぶされ」

と両手をうしろにまわした。しばし逡巡《しゅんじゅん》したのち、俺は黙ってアキの背中にのっかった。うなじのあたりにこめかみを寄せて、背中のコートを摑んでしがみつく。

「まったく……厄介《やっかい》な拾いものしたもんだ」

地面を踏みしめて歩くアキの背で揺れていると、哀しみが増していった。コートから絵の具まじりのアキの匂いがする。アキと一緒に振動して、一緒に右に左に揺れて、アキと一つになっているみたいだ。べつの身体同士が一つになれるわけもないのに。

アキの背と自分の胸が摩擦して暖かくなると、アキの背中にいるのを痛いぐらい実感した。

「……アキ。頰、ごめんね」

一歩、二歩、三歩歩いて間を置いてから、

「本当にいい彼氏だな」

とアキが囁いた。

アキがしゃべると、アキの声が自分の胸に響く。目を強く瞑ってアキの肩に押しつけた。

「アキはいつも俺のせいで殴られるね。……ごめん」

「みんな、おまえのことが大事なんだよ」

『美里を幸せにしてやってほしい』とシーナに頭を下げたというアキ。

『家庭教師の立場を利用して、生徒と寝るために家へ出入りしていたんですか』

『家庭教師は辞めていただきますし、今後一切美里に関わらないでいただきたい』

そう父さんに責められた時〝美里君を幸せにします〟と言うのを耐えて悔《く》いてくれたアキ。

わかっている。アキもシーナもマリ子ちゃんも、俺は傷つけることしかできない。

「……こら。泣くなよ」

アキが怒る。

「泣くなって言われると、泣きたくなる」

「なら泣け」

ちょっと笑ってしまった。

ずり下がってきた俺の身体をおぶりなおしてアキも笑う。

「アキの、」

言葉が喉に閊《つか》えて、泣きそうな自分はばかだと思いながら言いなおした。

「アキの……お嫁さんに、なりたかったよ」

女じゃないから、俺はマリ子ちゃんやシーナの応援と厚意にこたえられない。

「俺が女なら……子ども好きのアキに、マリ子ちゃんみたいに、家族だって、つくってあげられたかもしれない。それで、きっと誰にも、迷惑かけなかったよね」

「美里」

「女なら、父さんにだってあんなふうに、怒られなかった。別れないで済んだかもしれない」

今度は一歩も間を置かず、アキは即答した。

「俺は男のおまえがよかったんだよ」

矛盾したことを言うアキの頬を、うしろから引っ張ってやった。

「いた」

「アキは俺が女ならよかったって責めたじゃないかっ……。俺は自分が男だから別れたんだって悔いてきたよ。アキと別れるんなら、俺、なんで生きてるんだろうって……なんで生まれてきたんだろうって、わからなくなって、辛くて、辛くて、」

アキは立ちどまって数秒立ち尽くし、やがて両腕を離して俺を背中から下ろすとゆっくり振り向いた。眉間にしわを寄せて眼球を震わせ、戸惑ったような表情で俺を見つめる。

お互いの目の位置が合うよう上半身を屈めると、左手で俺の頬に触れた。

「美里、おまえそんなふうに思ってたのか……？　俺はただ、もしおまえが女だったらずっと一緒にいて、いつか結婚だってできたのにって想ってああ言ったんだよ」

アキの湿った前髪がぱらと風に流れて、真剣で哀しげな瞳の中で外灯の光が白く揺らいだ。

「だから、俺が男だから、駄目って意味でしょう……？」

「違う！」

大声で怒鳴られて思わず竦み上がる。

「別れ際に憎まれ口叩くわけがないだろう⁉　だいたい、愛してるって告白したあとになんで傷つけようと思うんだよっ」

「アキは男の俺を好きになったこと、後悔したんだと思ってた。だから俺、」

「違うって言ってるだろっ！」

すごい力で両腕を摑まれた。怯んだ俺の右肩に突っ伏したアキが苦しげに叫ぶ。

「美里に女になってほしいって意味じゃない、もしも男女として出会ってたら絶対に傷つけなかった、幸せにしたたって言いたかったんだよ。男だろうと関係ない、俺は美里が欲しかった。帰したくなかった、行かないでほしかったっ」

あれが限界だと思った。男同士の俺たちの恋愛の果てがあそこだったんだと思い込んでいた。でも違った……？

アキはただ俺に、生涯を共にしたい相手だよと告げてくれただけだったのか。自分の感情が容易い恋愛の一つとは違う、結婚して永遠に添い遂げたいと願うほど深いものだよと。

アキらしくない譫言じみた戯言みたいな、夢見がちな告白をくれたってことだったのか。

「……本当に俺は言葉が足りないな。今まで美里を苦しめ続けてたなんて思いも寄らなかった。自分で自分に嫌気が差すよ。よりにもよって美里に、こんな――」

アキが独り言《ひとりごと》のように自己嫌悪を重ねる。

自身の不器用さを認めて他人との接し方に気をつけているアキを知っているから、自分の勘違いのせいで自責に駆られる姿を見るのは辛かった。

「ごめんね、アキのせいじゃないよ。俺がまたアキを信じなかったせいだよ」

俺はいつも裏切ってしまう。簡単に不安に呑み込まれてアキの想いに不信感を抱いてしまう。傷つけてしまう。

「ごめんねアキ」

俺の腕を摑むアキの手も肩もかたく震えている。右肩にあるアキの頭を撫でたくて左手をのばしたら、アキが顔を上げて、意を決したような鋭い目でまた俺を睨み見た。

「いいか美里。俺たちが別れたのはおまえのせいじゃない俺のせいだ。おまえはなにも悪くない。おまえが男じゃなかったら今までの全部がなかったことになるだろう?　おまえと知り合った時俺にはひとみがいたから、おまえがもし女だったら抱いたりしなかったし、抱かなければおまえとマリ子が会って、親友になることもなかった。おまえの健気さや一途さに惹かれて、俺が嫉妬することもなかった」

「アキ、」

「たくさんの偶然のおかげで今があることを無駄にするなって教えたの憶えてるか？　おまえの親父さんに叱られて、あんなふうに別れて辛かったよ。また会いに来てくれた時、俺がどんなに嬉しかったかおまえはわかるか。そのあともう一度別れた時どんなに辛かったか——でもそれも全部必要だった。離れてたあいだも、俺はおまえに救われてたからだよ。おまえが俺に残してくれた言葉のおかげで俺は頑張ってこられた。いつもおまえのことを想って努力してきた。一緒にいないからこそ深まる気持ちもあるんだよ」

必死に言葉を掻き集めて饒舌に語ってくれる想いを、息を詰めて受けとめながらも、どこか遠い気持ちで聞いた。今度こそ本当にアキがいなくなってしまう気がした。

「おまえは人に愛される人間だ。性別のことなんてもう考えるな。おまえの傍にいる人たちはおまえの人間性に惹かれてるんだよ。俺もおまえに会えたから変われた。おまえは俺の人生の一生の支えだ。一生忘れないし、感謝し続ける。俺と別れたことがトラウマになってるなら、俺のことを責め続けろ」

頭を目一杯振って拒否したら、涙がいくつかこぼれて飛んだ。アキが唇を噛んで俺の後頭部を引き寄せ、胸に押しつける。

「彼氏にちゃんと幸せにしてもらえ。就職して一ヶ月程度で社会に溶け込める奴なんて早々いない、彼は確実に成長していく、そんなことどうでもいいんだよ。おまえは俺みたいに身体だけの付き合いをするような奴じゃないだろ。恋愛する時はいつも真面目だ。俺と別れたあとにおまえが好きになれた相手だってことを信じろ。俺にないものを彼は持ってるよ」

「……いやだ、待ってアキ、」

「俺は駄目だ。駄目でばかで、情けない。……五年も苦しめていたのはさすがに重たいよ。俺はやっぱりおまえを幸せにできない男だったんだ。よくわかった」

少し強い、二度目の風が吹いた瞬間、アキが雨から庇うように俺を抱き竦めた。

朦朧とした意識の狭間で、顔に押しつけられたアキのシャツ越しに浮かぶ香りと体温に包まれて涙を堪えた。そのあとしばらくのあいだ、ずっと。

秋色

――物語の最後を変えた。

わすれな草になったアンドロイドと共に暮らしながら、主人公は生き続ける。

彼がくれた想いを胸に、腐らない、卑屈にならない、とまた自分を励ましながら懸命に日々を乗り越えていく。一人でとる食事、一人で観るテレビ、一人で過ごす夜、休日。昔自分が繰り返していた平凡で平穏な日々が戻ってきた日常に、わすれな草が一輪。

アンドロイドの花は機械でできているため水をあげる必要がない。

主人公はその花を、強い、と思う。自分は彼に愛情を教わって逞しく成長したはずなのに、このたった一輪の、なんの栄養もなく生きる機械の花は強い。自分は弱い。

自分がどうして人間として生まれてきたのか、主人公はわからなくなっていた。人間じゃなければ彼を悩ませなかったかもしれない。一人で死にに逝くような、こんな末路を選択させるほどの絶望を味わわせずに済んだかもしれない。追い詰めた。自分が人間だったから。

愛していたのに。

やがてそんな主人公に人間の友だちが増えていく。アンドロイドとの恋など本来なら軽蔑されるだけだが、それさえ打ち明け、受け容れてくれる親友たち。中には主人公に恋心を抱き、支えようとしてくれる人間までいた。

彼を家に招くと、部屋にいるわすれな草はにこにこ微笑むように揺れる。幸せにおなりとでもいうように、嬉しそうに瑞々《みずみず》しく咲き誇る。

主人公はその想いにこたえようと思うし、これが人間に生まれた自分とアンドロイドの彼との正しい生き方なんだろうとも考えた。

彼と出会ったからこそ得られた、新たな幸福への一歩。

でも違う。アンドロイドだろうと人間だろうと心があることを、主人公は思い知っていく。己の身を挺《てい》してまで自分を愛してくれたアンドロイドの、不器用で臆病《おくびょう》な性格が好きだった。他の誰にも、アンドロイドにも人間にもかえられない彼だけが持つ慈しみ、意思、弱さ。

自分は彼と埋められなかった心の空虚を塞ごうとしているだけだ。べつの恋を選ぶのは単なる逃げで、自分は彼しか見ていない。他人を求めても相手を傷つける結果しか生みはしない。

自分たちに足りなかったものはなんなのか、自分のなにが悪かったのか。

主人公はそのこたえを見つけて再びアンドロイドを購入する決意をする。

わすれな草を抱えてアンドロイド製造工場へ。彼とまるきり同じ外見のアンドロイドにデータチップを埋め込みなおしてほしいと頼んで、そして——。

ばかな堂々巡りをするんだ。生きている者、心がある者は。

四月五日、夕方四時。執筆を終えて担当さんにメールで小説を送ると、服を着替えてからクローゼットにしまっていたものを持って家をでた。

もう春だというのに午後から雪が降り始めていた。曇天《どんてん》に降る埃《ほこり》っぽい雪じゃなく、太陽の黄金色の光の中を舞う真っ白い風花《かざばな》だ。眺めていると運命めいたものを感じて、心が和らいでいく。

駅まで来て踏切を渡るとさらに先の商店街へ進んだ。ここは何度歩いても古い感傷が蘇る。

大学合格発表のあと、スケッチブックを抱えて震えながら彼の元へと向かった日から五年。

あの時は本当に恐かった。嫌われているんじゃないか、忘れられているんじゃないか、なにもかも過去の出来事だと捨て去られているんじゃないかと、そんな不安に囚われて。

だけど今日は揺るがない。あんなふうに不信感で裏切るのは金輪際《こんりんざい》やめにしたい。

一緒に過ごした三日間、俺を見つめていた彼の優しくて哀しげな、別れを見据えた眼差し、自分の感触を俺の身体に刻むように、あるいは俺の感触を自分の指先に記憶するように触ってくれた掌、離れたくないと懇願するように繰り返し互いを噛んだキスと、それが離れる刹那に必ず訪れた寂寥感。憶えている。俺を満たして、縛り続ける大切な夢の時間だ。

今日みたいな雪の日だった。ただ一心に、十八の未熟な自分の全部で彼を想った。着て帰ってきてしまった黒いシャツは今もまだ持っている。言い忘れた言葉もここに。

　ふいに、青果店の店先から響く「いらっしゃい、いらっしゃい」というかまびすしい声が鼓膜を突いた。夕方の商店街は賑やかで、傘をさした主婦や学生でごった返している。その人波をくぐり抜けて進むとマンションが見えてきて、手前に目的地のお絵描き教室があった。

　昔パン屋だった外装のままだから、硝子張りになっていて室内がよく見える。

　そういえば今の時間は授業をしているかもしれない。近づいて見たら案の定、部屋の中央に設置された果物のバスケットを囲んで、子どもたちが絵を描いていた。

　アキもいる。

　アキは一人の女の子の横へ行くと、しゃがんで話しかけた。女の子はいやいやと頭を振って黄色いクレパスを投げてしまう。すると目をつり上げたアキが強引にクレパスを持たせる。

　……もしかして、メグちゃんだろうか。

　腕時計を確認すると授業が終わるまでまだだいぶある。邪魔するわけにもいかないので、俺は入口の横に身をひそめて観察した。

　アキがメグちゃんらしき女の子を叱りつけると、彼女はぎこちない素振りで指を一本ずつ動かし、きちんとした鉛筆持ちにかえる。

「おまえが描きたいって言ったんだろ?」とアキの声が洩れ聞こえてきた。

「自分が決めたことはちゃんとやり遂げろ。途中でやめて悔しい思いするのはメグだろ?」

「でももうやだ!　上手に描けないもんっ。どうせ下手になるんだもん!」

「納得いくまで描け、ちゃんとここで見ててやるから！」

アキは結構な大声で怒ったけどメグちゃんは慣れているのか、頷いて再び絵を描き始めた。描く、というより、かろうじて鉛筆持ちで握り締めたクレパスを、右、左、上、下、と震えながら動かしているような感じだ。

苛立って泣きそうな顔は、絵を描けば描くほどしわだらけの悲痛なものに変化していって「うっ、うぅっ」と苦しげな声もまじる。でも下唇を噛んでメグちゃんは一生懸命描いた。

アキも真横でメグちゃんの顔と手をじっと睨み据えている。一切手だしせずただ我慢強く見守っているようすから、メグちゃんと同様に苛立っているのがうかがい知れた。

努力する子もそれを見守る方もどちらも気持ちは一つ、二人して辛いんだ。

「できだー……っ」

メグちゃんが描き上げてとうとう泣きだすと、アキは、

「納得したのか」

と顔を覗き込んで厳しく問うた。メグちゃんは大粒の涙をぽろぽろこぼしながらうんうん頷いてアキに両腕をのばし、アキも彼女の小さな身体がしなだれてくるのを抱きとめて背中を叩いてあげる。

「よし、偉いぞメグ。絵はおまえの気持ちそのものなんだよ。楽しんで納得いくように描けば必ず輝く。バナナ、美味そうに描けたじゃないか。メグの努力がよくわかるいい絵だよ」

メグちゃんはうあーと泣いて、アキの胴体に両脚まで巻きつけてしがみついた。周囲の生徒も「メグすぐ泣くー」と笑って眺めている。立ち上がったアキもメグちゃんの身体を揺すってあやして「泣きすぎだぞ」と笑う。

「メグ、先生ど結婚ずる……」

「なんでだよ」

アキの左肩へ頭を乗せてうっとり甘えているメグちゃんの姿に、高校生の頃の自分が重なった。

自分のばかさに悔やんで突っ張るたびにアキに厳しく叱られた。『おまえがしたがってるからだ』と言って生徒の俺を抱いてくれたりしながらも、いつも厳格で正しいアキに甘えた。

胸が熱く温もって、微笑ましくて懐かしくて、知らず知らずのうちに口元に笑みが浮かぶ。

……こんなふうに覗いていたら不審者だ。それに風が雪を巻き込んで吹き荒《すさ》ぶせいで寒い。

困ったな、と視線を巡らせたら、はたとアキと目が合った。

訝しげに顔をしかめたアキが、メグちゃんを椅子に下ろす。

「メグ、じゃあ次は林檎描いてみな」

「えー……林檎は丸いよ。丸は難しい」

「難しいからいいんだろ？　描くんだぞ。今度は泣かないように」

「んぅ……」

言いつけて身を翻したアキがこちらへ来る。

出入口のドアを開けて対面すると、

「ばか、なにしてるんだこんなところで！　風邪ひくだろうが！」

といきなり怒られた。

アキだ。そう思ったら笑ってしまった。

「笑うな。おまえは空も見られないのか？　雪が降ってるのに傘もささないで……」

アキが俺の髪に絡みついた雪を不機嫌そうに払ってくれる。

アキ。……アキ。

「聞いてるのか、美里」

黙ってアキを見上げた。

アキは、どうした？　というふうに不審げな面持ちで首を傾げる。

口を開いてなにか言葉を発して〝今〟を壊すのが急に恐くなった。でも行きたい場所はもう過去にも未来にもどこにもない。ここだけだ。

少しでも長くこの人の傍にいたい。さよならのない、明日が欲しい。

「アキに、話したいことがあって来たよ。仕事が終わったら少し時間くれないかな」

アキの表情が歪んだまま停止した。俺を数秒見つめたあと、背筋をのばして教室の生徒たちを振り返る。そして今一度俺に向きなおり、ジーンズのポケットから鍵をだした。

「わかった。でもここで待つな。授業の片づけてして一時間以内に帰るから俺のうちに行ってろ。暖房つけて暖かくして……なんなら風呂に入ってもいい。服も適当に着ていいから」

「うん。……ありがとう」

また迷惑かけてしまったなと苦笑いして鍵を受け取った。アキもため息をつくと、先生の表情に戻って「じゃあ」と教室へ入っていった。

アキのマンションへ行くのは三度目だ。再会して、肖像画を描いてもらうために会うようになってからはお絵描き教室のアトリエで過ごすのが常で、一度も行かなかった。行かせてもらえなかった、んだと思う。彼氏がいるんだから他の男の家に入るなと、暗に制されているのを感じていた。

鍵を握り締めて隣のマンションへ移動し、二〇二号室のアキの家に入る。

灯りをつけてリビングのテーブルの上に鍵を置くと、濡れたコートを椅子にかけて浴室へ行き、服を脱ぎ捨ててさっさと入った。

前に一度だけアキと二人で浸かったクリーム色の浴槽。身を沈めたら冷えきった肌の表面に鳥肌が立って、寒気が髪の先まで走り抜けた。

全身が湯に慣れてきて目を閉じると、アキの手の記憶が蘇ってきた。

『おまえは不思議だな。どうしていつまでも俺を好きでいるんだ』

『ど、うしてって……？』

『前にも言ったけど、俺はあまり他人との関係が長続きしないんだよ。言葉足らずで仲よくなればなるほど気をつかわなくなるせいか、誤解させることも多い。なのにおまえは離れない。……なんだか不思議だ』

湯船の中で俺をうしろから抱いてくれていたアキの身体は温かかった。俺の後頭部や肩先にくちづけながらずっと身体のどこかに触ってキスを続けていた。

別離の予感と時間が刻々と迫っているのに、ここだけ時がとまったような静寂に包まれていて、寂寞《せきばく》と恋情と、言葉にならない、できない狂おしさに二人して苛まれていた。

『不思議じゃないよ。俺はアキのそういうところも好きだからここにいるんだよ』

子どもだった、と思う。五年前俺たちは人を好きになることを知っただけの子どもだった。

身体を洗って風呂をでると暖房を入れて部屋を暖めた。帰ってくるアキも寒くないように。

それから下着をつけて寝室へ移動し、クローゼットにある服を物色した。当然サイズは全部でかい。ジーンズと白い長袖Tシャツを借りたけどだぶだぶだ。

シャツにはところどころ絵の具の染みがついている。くすんで掠れた赤や青や黄色の汚れが虹色になっていて、アキの絵に対する真摯な想いが積み重なった、アキという人間の色なんだと思えた。アキの生活、心、その彩り。

ずり下がるジーンズを引っ張って髪を乾かし終え、ようやくリビングの椅子に落ち着くと、アキも帰ってきた。肩に下げた大きなキャンバスを壁にぶつけないよう注意して入ってくる。

「服がぶかぶかだな」と笑ったアキはアトリエへ行き、キャンバスを置いて戻ってきた。

「紅茶いれるよ」と腕捲りしてキッチンへ立つうしろ姿を眺めていたらシャツの裾に青い絵の具の染みがあって、このシャツもだ、と密かに愛しく想った。

「展示会中にたくさんお菓子もらったから、美里が食べてくれたら助かるよ」

「お菓子……？」

「クッキーとかマロングラッセとか、マドレーヌとか。おまえ好き？」

「好きだよ。アキは嫌いなの？」

「嫌いじゃないけどあまりあっても一人じゃ食べきれないからな。なんなら持って帰るか？」

「うん。食生活が潤って助かるよ」

「主食にするならやらない」

「し、ません」

「おまえは……」

アキが目を細めて俺をじとりと睨む。へらりと笑ってみせたら呆れて息をつき、マグカップを二つ持って「こっちにおいで」とまたアトリエへ行ってしまった。

どうして、と疑問に思って追いかけると、机の上にカップを置いたアキが部屋の中央にイーゼルを設置し、先程持ってきたキャンバスをバッグからだして置く。

……その絵に言葉を失った。

「完成したよ」

アキが俺の右横に並んで言う。

キャンバスの中には、以前見せてもらったスケッチブックの鉛筆画とは違う、鮮やかな色彩で描かれた俺がいた。描いてもらっているあいだは見なかったから知らなかったけど、桃色や黄色の光に包まれてはにかんでいる幸福そうな俺の絵だった。

春の太陽に照らされて誰かと笑い合っているような、その一つ一つの線や色から息が詰まるほどの圧倒的な熱い愛情が迫ってくる。絵自体に温度があって、こうして傍にいると身体が温もっていく気さえした。自分だとはにわかに信じ難い酷く優しい笑顔。

こんな顔は、モデルをしていた時には一度だってしなかった。それはわかっている。もっと陰鬱な顔をしていたはずだ。だからたぶんここにはアキの記憶と理想しかない。

「この前、酔っぱらった誰かさんから電話がきた夜もアトリエでこの絵を描いてたんだよ。プライベートでここまできちんと人物を描いたのは初めてだったからいい経験になった。自分の手はこういう色をだせるんだなあとか、こういう表情も描けるんだなあとかさ」

アキが俺にマグカップを一つくれた。

「……ありがとう。すごく素敵な絵で、とても嬉しいよ。俺じゃないみたい」

「美里自身が考えてる美里と、俺が見てる美里は違うんだろうな」

「アキが見てる俺……？」

首を傾げると、アキは俺に微笑みかけて絵に視線を戻した。

「このあいだの夜は悪かった。ちょっと自暴自棄になって美里を困らせたよな。反省したよ。誤解されたくないのは、俺にとって美里が大事な存在だってことだよ。それは五年前から変わらない。絵にもその想いを込めて描き上げた」

絵の俺を見つめるアキは優しくて、そして五年前と同様の別離への覚悟があった。

「なにか心配させたんなら忘れてくれてかまわない。俺のことはもう気にしなくていいから、おまえは自分の幸せだけ考えな」

……な？　と念を押して、アキはにっこり笑顔を向けてくれた。

先日の夜、アキは俺を家まで送ってくれて黙って帰った。歩いているあいだも互いに無言で、なにも話さなかった。……アキは俺がアキを察して今日謝りに来たと思っているんだろうか。でも突き放すのが俺のためだと信じている。

「アキ」

紅茶を一口飲んでカップをテーブルに戻すと、アキの身体を引いて向かい合わせた。

「あの時は色々あって、酒も呑んだし仕事も残ってたから大人しく帰ったんだよ。今日まで仕事しながら考えて、アキに会ってもいい自分になれたって思ったから改めて来た」

アキは口を結んで静かに俺を見返している。

狭いアトリエには別れた日にも俺たちの周囲に漂っていた絵の具の香りが満ちていた。

「……俺はね、アキを信じなかったせいで五年間もばかなことをしたよ。男でもいいって言ってくれるシーナに縋って傷つけてマリ子ちゃんもやきもきさせて、自分の傍にいてくれる人を不幸にし続けてきた。考えてたのは一つだけだったんだ。アキがくれた想いを無下《むげ》にする自分は生きてる意味がないって、それだけ」

「幸せじゃなかったのか」

俺が自戒している時にまでアキは俺を案じたりするから胸が苦しくなる。絵の具の香りの空気を大きく吸い込んだら、苦笑が洩れた。

「幸せ幸せってアキは言うけど、俺はアキがいないと幸せになれないんだよ。アキが絵を描いているのをずっと見ていたい。アキが悩んで苦しんでる時は頼ってもらえるような存在になる。一緒に背負って乗り越えていける支えになる。嬉しいことがあったら目一杯祝福して、もっと素敵な想い出にするよ。性別のことも、もう気にしない。だから——、」

言いかけた瞬間、アキが身体を屈めて至近距離に近づいた。眉間のしわを増やした気難しげで真剣な眼差しに捕らわれて、俺は反対にふっと穏やかな気持ちになり、告白を続けた。

「もう一度……俺の恋人に、なってくれませんか」

言葉にしたら途端に泣きだしたくなるぐらいの愛しさが溢れてきた。

帰ってきた、という心境だった。心は一ミリと離れずここにあったはずなのに、長い旅を経てアキだけを想う自分に戻って、少し成長して、やっとアキの前に帰ってきた。

アキは俺の目を覗き込んで黙している。……窓の外から商店街の青果店のおじさんの声が聞こえる。子どもの笑い声も微かに響いている。

「彼とはちゃんと話したのか」

訊かれて、頷いてこたえた。

瞬きをしたアキは視線を下げて、ゆっくり俯くように俺と額を合わせた。アキのおでこを受けとめてかたさを感じていたら、アキがそっと俺の左手を取って目を閉じ、長く息を吐いた。アキのその息もまた、長年の旅路の果てにこぼれた充足感に似ていた。俺もアキの手を握る。

……商店街の雑音と、絵の具の香りと、アキの額と掌と匂いと息づかい。

繋ぎ合った掌が温もっていくのを感じながらアキをひたすらに想って耳を澄ませていると、やがてアキは勢いよく身体と手を離して、

「美里、携帯電話だして親父さんに連絡しろ」

と厳しい顔に戻った。

「父さんにって……今から？」

「そうだよ。わかるだろう？　俺たちが付き合うためにはまずするべきことがある」

俺はアキの言葉の意味を理解して、昔からまるで変わらない彼の恐いぐらいの誠実さに堪らない恋しさと、深い感謝を抱いた。

「はい」

この人について行こう、と強く想う。アトリエをでて、さっきリビングの椅子にかけたコートのポケットから携帯電話を取り、足早に戻る。

椅子に腰掛けて待っていたアキの横に自分も座って、父さんの携帯電話にかけた。コールを聞きながら振り向くと、アキは微笑を浮かべてしっかりと頷いてくれる。

三度目で応答があった。

『おーどうした？　珍しいな、美里から電話なんて』

「父さん、今どこにいる？」

『今日は仕事がはやく終わったからもう家だぞー』

「そっか、お疲れさま。……あのね、父さんと話してほしい人がいるからかわっていいかな」

『ん？』

心臓が複雑に高鳴るのを感じつつ、アキに携帯電話を渡した。

受け取ったアキには臆するようすもない。

「ご無沙汰しております。以前美里君の家庭教師をさせていただいておりました秋山です」

アキの横顔を見つめて、俺は会話が終わるのをじっと待った。

父さんは俺が大学生の頃たまに『秋山先生とは本当に会ってないのか？』と訊いてきたりしたが、俺は〝すべての元凶のくせに〟と鬱陶しがって『会うわけないだろ』と突っぱねていた。

理不尽だとわかっていたからうしろめたさが溝を生み、長いことまともに会話していない。

今度はアキとの想いも一つだから、自分もアキと共に誠実な気持ちで父さんと話そうと考える。説得するのはあとでもいい、ともかく知ってほしかった。父さんの目にどううつろうと、俺たちが幼いながらも育んできた想いの切実さを。

「——わかりました。では一時間後にそちらへうかがいますので、どうぞよろしくお願いいたします。失礼しました」

え、一時間後？

「美里、すぐに会ってくださるそうだから行くぞ」

「随分急だね」

アキは携帯電話の画面を袖でごしごし拭いてから俺によこす。

「着替えて支度が整ったらでる。おまえもそんなふざけた格好じゃ駄目だ、家に寄ってやるから着替えろよ」

「はい」

アキが立ち上がるのにつられて、俺も一緒に立った。

アキの身体から発散される空気が刃物のように鋭くて、俺も緊張する。心を奮《ふる》い立たせて唇を引き結んだら、アキがふいっと俺を見下ろした。頷いて返すと、突然俺の背中を引き寄せて猛烈な力でぎりぎり抱き竦め、すぐに離れてアトリエをでていった。

スーツに着替えたアキはマンションの斜向《はすむ》かいにある商店街の和菓子屋で菓子折を買ったあと、車で俺の一人暮らしの家まで連れて行ってくれた。

アキが「人を待たせてるんだからさっさとしろよ！」とかりかり急《せ》かすので、数年前に着て以来クローゼットの飾りになっていたスーツを慌てて引っ張りだして、どたばた着替える。

その間、アキは勝手に冷蔵庫を開けて、

「おまえ、バナナは冷蔵庫に入れたら駄目だろうが！」

と怒りだした。

「な、なんで？　食べ物だから冷蔵庫でいいでしょう？」

「暖かい場所で採れるものは冷蔵庫に入れるとすぐ傷《いた》むんだ。林檎はエチレンガスがでてるから他の野菜の鮮度を落とすしな」

「ガス⁉」

「保存方法をちゃんと確認しろ。なんでも冷蔵庫に放り込めば安心ってわけじゃないんだよ」

「勉強になります……」

シャツのボタンをとめてズボンの中に裾をしまい、ベルトをする。

こっちは焦っているのにアキは浴室へ移動して、今度は洗濯物のチェックを始めた。

「おまえ最低だな、脱いだ服が山積みじゃないか。一人暮らしでこれだけためるってどういうことだよ」

「仕事してたし、ずっと天気が悪かったから、」

「あーあー風呂も……あー……」

「よしてよ!」

「おまえの怠惰な生活ぶりがよくわかった」

確かに、昔アキの恋人になれた時〝家事ができるようになるぞ〟と意気込んだ思いもどこへやら、ひとたび仕事に集中しだすと掃除洗濯料理、全部が疎《おろそ》かになってしまう。

……羞恥と情けなさに項垂れてネクタイをのろのろ締めていたら、アキが戻ってきて俺の手をぽいっと払い、締めなおしてくれた。への字に曲がったアキの唇を見ていて、親に挨拶へ行く前に嫌われたら堪らないなと反省する。

「……だらしなくてごめんなさい。これからきちんとするから嫌わないでください」

ネクタイを結び終えたアキは、俺の顔を探るように見遣って鼻で笑った。

「行くぞ」

そして家をでると、再び車に乗って実家へ向かった。

運転席にいるアキの気配が現実のものだと実感するにつれ、胸にこくこくと勇気が増していく。微量な不安が緊張感とまざり合っているものの恐れはなかった。

父さんのアキへの誤解は解いているが、息子に男の恋人を紹介されて喜ぶ親などまずいない。俺たちは次はどんな困難にぶつかるんだろう。その未知への懸念だけが心を萎縮させる。

すっかり日が暮れた夜道を突き進む車の助手席から正面の雪景色を睨み見ていると、突然右手をさらわれた。

あ、と我に返ったのと同時に指を搦《から》め捕《と》られ、掌同士を隙間なくぴったり重ね合わせてかたく握り締められる。

アキは前方に視線を向けて運転を続けながら唇だけで笑んでいる。

「反対されるのは端からわかってる。怯えるな。美里は俺の隣にいてくれればいいんだよ」

その言葉に射貫かれて、身体の中心に灯った熱情が恐怖心を打ち砕いてしまった。

「いるよ。アキと二度と別れたくない。迷惑かけるかもしれないけど、父さんたちが納得してくれるまでアキにも付き合ってほしい。お願いね」

「ああ、時間かけていこう」

アキの横顔には余裕さえ見てとれる。悠然と微笑を浮かべて、俺の手をきつく握っている。

「アキは全然怯えないね」と言ったら、ははは声を上げて笑われた。

「面白いなおまえは」

「なんで？」

「なんでって……たぶん今日は俺の人生で一番幸せな日だよ」

また胸の真ん中が熱くなった。

「どういうふうに」ともう一度小狡く質問を重ねると、アキは細く眇めた視線で責めてくる。

「なにを言わせたいんだよ」

「……べつに」

「気を緩めるなよ」

ぴしゃりと叱られた。

車が実家付近に近づく。裏通りにある駐車場にとめると、アキが後部座席に置いていた菓子折を取ってから俺の頭に左手を置いた。

「深呼吸しな」

言われた通り、すぅと息を吸って、はあと長く吐く。

「よくできました。——あの時みたいに逃げないから、安心して俺についておいで」

一言話すたびにアキは俺を幸せにしてくれる。際限なく想いが深くなっていく。

「はい」

微笑んで二人で覚悟を結ぶと、車を降りて舞い散る雪の下で傘を広げた。


チャイムを押して開いたドアの先には、神妙な面持ちをした母さんがいた。

「いらっしゃい」

「夜分にすみません、お邪魔します」

一礼したアキは家へ上がって靴の向きをなおす。母さんに「リビングへどうぞ」と案内されると「失礼します」と柔らかくこたえた。

真摯な緊張感は伝わってくるもののロボットじみた不自然な動きはしない。かといって馴れ馴れしくもなく、礼儀が染みついた自然な所作だった。……俺の親にスーツを着て挨拶しようと考えてくれるのも然《しか》り、アキの大人びた感覚はやはりお母さんの教育の賜なのだろうか。

リビングではすでに父さんがテーブルの前に座って待っていた。スーツの上着を脱いでネクタイを外したラフな格好で、帰宅直後の疲労感を醸《かも》しだしている。

立ち上がって俺たちに近づくと、

「久しぶりですね」

とアキに微笑みかけた。

アキは恐縮して「ご無沙汰しております」と頭を下げ「突然お邪魔してすみません。つまらないものですが召し上がってください」と菓子折を差しだす。「ああ、ご丁寧にすみません」と受け取った父さんは、それを母さんに渡してお茶を用意するように頼む。

「まあ座ってください」

促されて、俺とアキは並んで腰を下ろした。きちりと正座をするアキに倣って、俺も両脚を揃える。

父さんも向かいに腰掛けて咳払いし「雪でしたね、寒くないですか」とアキに問い、アキは「車でしたから大丈夫です」とこたえた。

「秋山さんはお車を持ってらっしゃるんですね、ここら辺とめるところありましたか」「はい、裏に駐車場があるので」「あ、すぐそこの?」「ええ」と二人が軽いジャブみたいな挨拶を交わしている間に、母さんがお茶を持ってきて俺たちの前に置いてくれる。

お盆を下げると、母さんも父さんの横に座った。

「本当に久方ぶりです。——最後の電話で、秋山さんは美里の人生の一日をくれればいいとおっしゃいましたよね。なのに今ここにいる。どうぞ理由を聞かせてください」

四人揃って落ち着いたのを機に本題へ入り、空気の色が一変した。いささか嫌味たらしい父さんの物言いが癪《しゃく》に障ったけど口を噤んで耐える。

アキは落ち着いていた。

「美里君と関わらないようにとお叱りを受けましたのに、本当に申し訳ございません。あの時美里君との関係について満足な返答もせず、大変失礼な態度をとったことも改めてお詫びいたします。今日は当時の心情を聞いていただいて今後の美里君との付き合いをお許し願いたく、お時間をちょうだいした次第です」

「ええ、ぜひ教えてもらいたいです。あの日なぜ頑なに沈黙を守られたのか」

「当時わたしはまだ学生でしたし、家庭教師という立場で美里君と不純な関係を築いておきながら、真剣な付き合いだと主張するのは憚《はばか》られました。自戒して身を引くべきだという独断で、結果的にあのような無礼な受けこたえをしてしまいました」

「真剣ですか。あの時美里も言っていましたが、美里の方が秋山さんにご迷惑をかけたんだと聞いていますよ。秋山さんにしつこく迫ったそうですね」

父さんが俺に目配せして、俺は、そうだよ、という反発心で唇を曲げる。ところがアキは過去を見るような面差しになり、姿勢を崩さずにこたえた。

「いえ、今思えばわたしも最初から少なからず美里君に好意を持っていました。家庭教師として仕事をまっとうできなかったのもわたしの甘さが原因です」

「そうですか。まあ今更ですが、自分の息子を弄んだと言われて喜ぶ父親はいませんよ。家庭教師であれ男同士であれ、説明はしてほしかった」

「反省しております。すみませんでした」

思わず割って入った。

「父さん、弄んだっていうのは父さんの勝手な勘違いだろ。秋山先生はなにも言ってないよ」

「でもそう解釈されてもいいと諦めただろう」

「耐えてただけだ！　秋山先生はなにも悪くない、俺は幸せだった、秋山先生は俺を幸せにしてくれた！　何回もそう教えたじゃないか！」

アキが俺の前に手をだして制した。鋭い眼光で〝黙ってろ〟と訴えてくる。あの日みたいに。

俺が激情を押さえ込んで発言を堪えたら、父さんはため息をついた。

「……あれから美里は終始この調子です。貴方と別れたあとは口も利いてくれなくて途方に暮れました。なので美里の気持ちは理解しているつもりですけど、貴方にも同様の恋愛感情があったんだと受け取ってよろしいんですね」

「もちろんです。美里君の存在はずっとわたしの支えです」

　間髪入れずにこたえたアキを父さんがうかがい見る。アキも父さんを見返したまま微動だにしない。俺はどうしようもなく泣きたい衝動に駆られていた。アキが俺たちのために父さんに頭を下げて、自分への想いを語ってくれている。

「秋山さん。わたしと妻は貴方を信頼していたんです。塾に通わせずに家庭教師をつけたのも、わたしたちが留守にしているあいだこの子が寂しがらないようにと慮《おもんぱか》ってのことでした。勉強を教えながら、傍にいて兄や友人のように接してやってほしかった」

「はい」

「しかしそのせいで、この子が親から得られなかった愛情を貴方に見いだして恋愛に発展したのならわたしたちにも原因があります。現に貴方はこの子が妊娠騒動に巻き込まれて騙《だま》された時に手術代を工面《くめん》して守ってくれた。そうですよね？」

　マリ子ちゃんのことだ。アキは「わたしはただ美里君の絵を買っただけです」と頭を振ったが、父さんは「いえ」と深々頭を下げた。

「一度電話口でも謝罪させていただきましたが、その節はこちらこそ申し訳ございませんでした。親の責任を貴方に擦《なす》りつけてしまった。お恥ずかしい限りです」

「いいえ、頭を上げてください」

「手術代はお返しします」

「必要ありません。いただく理由もありません」

しばし押し問答が続いた。立場上やめてとめることもできずに狼狽《ろうばい》していたら、母さんが二人を「堂々巡りですよ」と宥めて俺に苦笑いして見せた。いやね、と言いたげな微苦笑を浮かべて、それからアキにどことなく儚《はかな》い視線を向ける。

「……わたしは秋山さんと美里の関係を聞かされた時、自分のせいじゃないかと疑いましたよ。この子がお腹にいた頃、わたしが負担をかけたせいで同性愛者になったんじゃないかと」

いきなり突拍子《とっぴょうし》もない発想をぶつけられて、面食らってしまった。

「母さんそれはちょっと、考えすぎだよ」

「美里は知らないの？　性別は受精の段階で決まっているけど脳にも性差があって、男の子は母親が男性ホルモンをだすことで男性化していくの。でもその時期に母親が強いストレスに襲われてホルモンが充分に分泌《ぶんぴつ》されないと女の子っぽくなったりするのよ」

驚いた。話の内容にもだけど、母さんが自己嫌悪していることにも。

父さんに続いて、母さんまでアキに頭を下げる。

「個人で育む感性もあるでしょうが、この子はわたしたちから産まれて、わたしたちの影響を受けて成長しました。この子の選択のすべてがこの子一人の責任で、自分たちとは関係ないとつもりです」

撥ね除けるつもりはありません。わたしたちはこの子の幸せなら一緒に喜ぶし、罪なら背負うつもりです」

頭を垂れる母さんから勇ましい母性愛が滲みでてきて、俺の胸を締めつける。

男同士というだけでただ単純に罵倒されるのを覚悟していたのだ。〝こんな息子に育てた覚えはない！〟と蹴り倒されて、泣かれるんじゃないかと想像していた。

なのに母さんは俺の性別や思考が自分たちにも関係あると考えている。息子の俺の行動を他人事だと片づける気はない、親の自分たちが躾けた結果だから共に受け容れると言っている。

母さんが頭を上げると、父さんも再び口を開いて重ねた。

「美里自身の幸せを考えれば、結婚してほしいのが本音です。同性に惹かれたのが秋山さんだけだと言うので、一時の気の迷いじゃないかと疑ってもいます。ですがわたしたちは今こうして毅然《きぜん》と許しを請《こ》いに来てくださった貴方と美里を、しばらく静観してみるつもりですよ」

……あっさり許されてしまった。

困惑する俺の横で、アキは静かに身体を後退させて畳《たたみ》に両手をついた。

「ありがとうございます。美里君を幸せにするために誠心誠意努《つと》めていきます」

俺も慌てて土下座して、

「俺も精一杯、秋山先生を幸せにしますっ」

と約束した。涙をぐっと堪えた。

笑いだした父さんが「美里、そこは〝秋山さんと幸せになります〟じゃないのか?」と前髪を掻き上げる。はっとすると、母さんも「教育が悪かったわね」と冗談ぶって苦笑する。場が和んだのに乗じて父さんは「今から夕飯なんです、一緒に食べていってください」と誘ってくれて、アキも「お言葉に甘えさせていただきます」と応じた。

母さんが席を立ってキッチンへ行くと、父さんに「美里、おまえも手伝ってきなさい」と叱られて、恥じ入って追いかける。

夕飯はお寿司だった。俺たちが来るとわかってすぐに出前をとってくれたらしい。

「母さん、ごめんね。……ありがとう」

お吸い物をお椀に注ぎつつ、小声で告げた。母さんは黙って苦笑いし、俺が渡した椀をお盆に並べる。照れ臭くて曖昧になったけど、このお礼がお寿司のことではなくて、さっきの言葉に対する感謝だと伝わったのがわかった。

お寿司とお吸い物を運んで準備が整うと、みんなで食事をした。

「秋山さんは今どんなお仕事をなさっているんですか」

「個人ですが、子ども向けの絵画教室を営んでおります」

「へえ、絵画教室。生徒さんはどれぐらい?」

「今は二十一人です。平日毎日授業をしていて、生徒は個々に希望する曜日に通っています」

「すごいですね。美大生だとはうかがっておりましたが絵画教室ですか……不躾ですが、それで生活はできるんですか？」

「会社員と同等の保障はありませんが、教室の他にイラストレーターとしても仕事をしていますので安定しております」

アキが具体的な収入を口にして、その額に俺たちが絶句した。

「男の収入はだいたい年齢に一万掛けた額が必要だと言いますけど、今おいくつでしたっけ」

「今年二十七になります」

充分に越えている。……年齢に一万掛けるってことは俺は月に二十三万稼がないと半人前ってことだ。微妙……。

「二十七か……秋山さんは会った時から大人びていましたけど、本当に立派になられましたね。二人が来てくれて、久々に食卓も賑やかで嬉しいですよ」

「父さんは美里が家をでてから寂しすぎて老けたものね」

母さんがしれっと茶々を入れてみんなで笑う。

「男なんだから、いつまでも家にいたら駄目だろ」と俺が威張ると、父さんも「なに言ってるんだ、なにもできないくせに」とのっかって呆れる。

「それは父さんもでしょう、母さんに頼りきりでさ」

「父さんはやれないんじゃないぞ、やらないんだ」

「どうだかー」

からかい合って笑っていると、互いを隔てていた溝が埋まっていくのを感じた。

この数年迷走し続けていたのはアキとの付き合いだけじゃなくて、父さんとの親子関係についてもだった。今ここで父さんにも謝罪やお礼を伝えるべきだと焦るのに、親子なんだからわかってくれているはずという甘えと羞恥が邪魔をする。笑い話でごまかしてしまう。

さっき、俺が寂しがらないように家庭教師をつけた、と言ってくれたのを思う。

この家にいた頃はよくバーベキューや餃子《ギョウザ》パーティーをした。俺は恵まれているし、愛されてもいると知っている。俺が男と裸でいるのを突然見せられた父さんはどんな絶望を味わったんだろう。無論一度も想像しなかったわけじゃないけれど、俺はアキへの恋情に囚われた視野の狭い愚かなガキで、自分たちの想いを押しつけることしかせず親の感情は蔑《ないがし》ろにしてきた。

結婚してほしい、と本音を洩らした。でも静観すると許してくれた。

そこに至るまでの父さんたちの五年間は、どんなものだったのか。

自分が幸せになることで報いになると、甘え続けさせてもらっていいんだろうか。

「美里とこんなふうに笑ったのは何年ぶりかなあ……」

父さんが中トロに醬油《しょうゆ》をつけて呟くと物憂《ものう》い哀愁《あいしゅう》が漂って、急に頼りなく小さく見えた。

男同士だから嫁《とつ》ぐというかたちはないが心境は似ていた。自分はこの人たちから離れていく。自立して、アキの元でアキとのあいだに芽生えた愛情を育んでいく。二人から教えられ、与えられてきた慈愛と思慮で。

アキは俺たちの会話を黙って聞いていた。

「——もう一つ、許していただきたいことがあるのですが」

深刻な声色でそう切りだしたのは、食事が終わろうとしていた頃だ。

「美里君と同居させてください」

度肝を抜かれて咀嚼する口がとまり、口内でイクラがぷちんと弾けた。

父さんは「同居ですか」とほんの少し虚を突かれた程度。

「もとより美里は家をでておりますからかまいませんが、秋山さんの家でですか？」

「一応、そう考えております」

「お住まいはどちらに？」

「駅向こうの商店街にあるマンションです。絵画教室もその隣にあります」

「え、まさかあの大きなマンション？　はあー……どうぞ好きにしてください。近場ならなにかあっても駆けつけやすい。家事全般、満足に教えてきませんでしたからご迷惑かけるでしょうが、色々指導してやっていただけるとありがたいです」

「いえ、恐縮です。こちらこそ美里君に苦労をかけないように尽くしていきます」

……同居まで、認めてもらえた。

その後アキは、また俺たち家族の他愛ない会話に耳を傾けて黙ってお茶をすすっていた。

帰り際、父さんはアキに「受け取ってください」と茶封筒を差しだした。

例の手術代だ。

「困ります」

「これは秋山さんの金ですから」

「いいえ、わたしは美里君の絵を購入しただけなので無関係です」

「美里の絵など、これだけの額を払う価値はないでしょう？」

「金銭では価値が計れないほど、わたしには大切なものです」

「なら美里の引っ越し資金にしてください」

「でしたら美里君本人に渡してください」

「んーじゃあ、二人の交際祝いに」

「許してくださっただけで充分です。受け取れません」

俺の罪悪感が膨れ上がっていく。

いたたまれなくなって縮こまっていたら、最後に父さんが、

「わたしにも父親としての面子があります」

と声を荒げてアキの手に強引に封筒を握らせ、アキは押し切られた格好で不承不承受け取った。

そして母さんにも挨拶をして家をでた。

雪が地面に薄く積もっている。鋭い雪風に肌を刺されて、俺たちは急いで駐車場に移動して車へ乗り込んだ。エンジンをかけたアキが暖房を強めてコートを脱ぎ、後部座席に放る。車を発信させるとネクタイを少し緩めた。

車内に漂う冷気から雪の香りがする。

フロント硝子に積もった雪はワイパーに押されて隅に重なっていく。

『美里君の存在はずっとわたしの支えです』

『美里君を幸せにするために誠心誠意努めていきます』

……至福感に喉を潰されてうまく呼吸できずにいた。

外灯の光がぽつぽつ灯る夜道をアキと並んでまっすぐ走っていると、自分たちの将来も遠い先の向こうまで見渡せる気がした。

アキと二人でいる。この夢みたいな出来事の全部が現実なんだと時間をかけて理解していく。抱えてきた後悔も忘れていい。男の自分を卑下《ひげ》する必要もない。親子関係の亀裂から苦々しく目をそむけてきた日々も終わった。アキとの別れに怯えるのもおしまいだ。

赤信号で車がとまった瞬間、右頬を冷たい指先で突かれた。目を瞬いて見返したら、アキが苦笑している。俺の心を喜びで引き裂きそうなほどの、優しく幸福そうな柔らかさで。

「二人共、もうだいぶ前から観念してたみたいだな」

「……うん。でもまさか俺がアキを好きになって、親が責任を感じるなんて思わなかった」

「そうか。俺は美里の両親なんだなって思い知ったよ」

「どういうこと？」

「自覚なしか」

首を傾げたら、アキは前方を向いて運転しながら続けた。

「おまえは俺が嫉妬して〝男なんかごめんだ嫌いだ〟って怒鳴ったあとに〝迷惑かけてごめん。妬いて怒ってくれて嬉しかった、それで充分〟って笑っただろ？　普通は嫌うよ、あんな男。でもおまえは違うんだよ。……そういうのをね、想い返してたよ」

「そういうの？」

アキが頷いて苦笑するけど、俺はよくわからない。

「美里は相手だけが悪いって考え方をしないだろ。人付き合いはお互いに影響を与え合って成り立っているから、喧嘩をしても双方に原因があるっていう言動をする。上っ面じゃなくて、行動から滲みでてくるよ」

「そうかな、かなり自分勝手だけどな……」

「いや。最初俺にはひとみがいたし家庭教師だったたし、おまえが責める隙はたくさんあったよ。でも自分が片想いして迷惑かけたって言うだろ。美里といると、俺は自分の未熟さをどう正せばいいのか見えてくる。他人に優しく接しようとも思える。俺を成長させてるのはおまえなんだよ。それがあのご両親から受け継いだ価値観のおかげなんだから本当に感謝しないとな」

「アキ……」

とんでもない美化だと思ったけど、素直に受け取ろうと思った。心臓が嬉しさで鼓動する。

アトリエで聞かせてくれた〝アキが見ている俺〟の意味はこういうことなんだろうか。

やっぱり俺にも両親から与えられて染みついた感覚があって、そこをアキに好いてもらえたんなら心から感謝したいと思った。自分の命や人生に親は根底から深く関わっていて、遠く離れたって口をださなくたって無関係じゃないんだ。

「ねえアキ、俺もアキのお母さんに挨拶へ行くよ。明日にでも行こう。俺の親にだけ挨拶して終わりじゃないでしょう。アキにもアキを育ててくれた大事なお母さんがいるんだから、俺もお礼を言いたい」

アキを産んでくれた人だ。俺の大好きな、生きていくために必要な人を育て上げた人。

許してもらえるだろうかと考えるとまた若干の不安が芽生えたが、女手一つでアキをこんなに立派にした人から彼を欲しいと頼むのだから、たいそうな我が儘だってことは承知している。

俺もアキのように真摯な気持ちで挨拶をしたい。

アキは視線だけを俺に向けて喉の奥で小さく笑った。擦れ違う車のライトがアキの頬を白く目映く照らして行き過ぎていく。

「……いいよ。じゃあ明日、午後からでも行こうか。あの人も美里に会いたいだろうしな」

刹那、ライトの光がフロント硝子の雪をなぞって星屑《ほしくず》のように淡くきらきら煌《きら》めいた。

アキの家へ帰ると、アキは「雪に濡れたから」と風呂へ入った。

俺はアキが貸してくれたパジャマに着替えて寝室のベッドに腰掛け、紅茶とお菓子を食べた。マロングラッセ、美味しい。

硝子戸の向こうで粉雪がぱらぱら舞っている。天気予報では積もるほどじゃないと報せていたはずなのに、いまだやみそうにない。

風呂から上がったアキは部屋へ入ってくると「ベッドの上でお菓子を食べるな」と怒って俺の右横に座った。

「こぼしたら布団がべたつくだろ」

「ごめんなさい……アキはほんとに綺麗好きだね」

「不潔なのが嫌じゃないのかよ」

「嫌だけど、アキは特別潔癖《けっぺき》だなと思う。服もきちんとたたんでしまってあるし」

「常識だ。……おまえ、一緒に暮らし始めたら厳しく教育するからな」

「はい……」

「どうせ家事するのは俺だろうけど」

何気なく言ったアキは、俺が右手に持っていた食べかけのマロングラッセに口を寄せてぱくと食べる。蠱惑的《こわくてき》な上目遣いでいたずらっぽく微笑するからどきりとした。

「ど、うして、アキが家事担当なの」

「おまえは仕事に没頭するタイプなんだろ？

「アキだってお絵描き教室とイラストの仕事があるでしょ。俺は家にいる時間が長いんだから洗濯とかするよ」

「山積みにされるのかな」

「が、頑張る」

「変に意気込んで無理な約束したら、後々《あとあと》後悔するはめになるぞ。おまえは執筆を優先しな。仕事をもらえるのはありがたいことなんだから中途半端にするなよ。まあ仕事から帰ってきた時たまにでも夕飯が用意されてたら嬉しいけどねえ」

俺をからかいながらアキが楽しそうに笑うと、俺も嬉しくて高揚した。

「……ありがとう。仕事は頑張る、けどアキだけに負担かけたくないから料理も勉強するよ。家事とか食事がいい加減だったのは一人暮らしだからだもの。アキのためって思うとやる気もでるし食事も楽しいから」

「言ったな。なら美味しい弁当をつくれたら車でいいところに連れていってやるよ」

「いいところ?!　すぐ行きたい」

「お、い、し、い、弁当だぞ。そうだな……唐揚げとほうれん草入り卵焼きとチーズハンバーグとポテトサラダが食べたいな。おにぎりは梅干し」

「いきなり難易度高っ！　だいたい唐揚げとかポテトサラダは買ってくるものだよ？　アキ君はそんなことも知らないのねえ」

「ばか、簡単につくれるよ。おにぎりもつくれなさそうだなあ美里ちゃんは」

「つくれるよ美しい三角にっ。こう、ぎゅっぎゅって握って梅干し入れればいいんだから」

「塩忘れてる」

「塩？　なんで梅干しがあるのに味つけするの？　塩っぱいじゃん」

「前途多難だな……」

「つ……つくれますからっ」

おかしそうに吹きだしたアキが、乾かしたばかりの柔らかそうな髪をよけて撫でつける。もう、と肩先を叩いてやって俺も笑った。

「あと俺、アキに渡したいものがあるんだよ」

ベッドサイドの棚に置いて用意しておいた手提《てさ》げ袋を渡す。

アキは「なに？」と不思議そうな顔で中に入っていた白い小箱を取りだした。

「ちょっと遅めのクリスマスプレゼント。イブに渡したかったんだけど、なんだかんだで今日になっちゃったよ」

「指輪……？」

アキが赤いリボンを解いて箱を開ける。

　正月に新宿まで引き取りに行って渡せずに持ち帰ったこのシルバーリングは、アキに告白しようと決めて仕事をしていたあいだ、じつはもう一度追加オーダーをしてあずけていた。〝Eternity with you〟と文字を刻印してもらうために。

「前にもカムホートを気に入ってくれたから似たようなのをあげたいなって思ったんだけど、もっとシンプルな指輪にしたよ。大学の時の友だちがシルバーアクセサリーをつくるのが好きでね、お店にいくつか卸してもらってるんだ」

　一見二連に見えるが実際は一本が交差してできた指輪だ。幅があるからアキの大きな手にも静かすぎずしっかり存在感を残す。そう教えてあげたら、アキは興味深げにまわして眺めた。

「本当だ、二連じゃないな。ロマンチックな意味合いに勘ぐりたくなる」

「どんな？」

「この甘ったるい刻印通りだよ」

　想いが伝わったのが嬉しくて照れてしまう。

アキはおもむろにカムホートのラブバイトリングを外すと、そこに新しい指輪をつけた。お役ごめんか、と寂しい気持ちで眺めていたら、

「美里、手だしな」

　と俺の右手の中指にはめてくれる。

「これはおまえに返すよ」

「えっ、それは嫌だ」

「七万したんだろ」

「どうでもいいよ。俺アキがこれを薬指にしててくれるの嬉しかったんだから」

「薬指は左手じゃなきゃ意味がないじゃないか」

「あるよ。恋人って意味なんだよ」

「こいびと?」

五年目にして初めて俺の思惑に気づいたアキは目を瞬いた。俺も詳しくはないものの、友だちのあいだでも右手の薬指は恋人がいる証っていう解釈が馴染んでいる。

アキはふんふんと納得するも「でもこれはおまえに」と譲らない。俺の右手を握って、親指で指輪をなぞる。

「この指輪は美里にもらってから一度も外さなかったんだよ。入浴中も絵を描く時も、美里を抱いてた時も別れたあとも、今日まで俺を監視してた指輪だから」

「一度も、肌身離さず?」

「ン、一度も」

そう知ると確かに重みを感じた。アキの指先で、アキの体温を受けながら長年共に過ごしてきた指輪だ。俺が知らないアキもこの指輪は知っている。おまじないめいているものの、自分がお洒落目的でつけ続けていたら生まれない価値を見いだせた。

「わかった、じゃあ今度は俺が肌身離さずつけるよ」

アキの五年間を受け取る。二人で指輪を交換して、なんだか結婚式みたいでまた照れ臭くなりながら、自分の右手を擦るアキの手を握り返した。

アキが目の前で俺を見つめている。繋ぎ合ったのとは反対の右手で左頬を触られた。弾力を確かめるようにやんわり押される。

「……美里、左手の薬指にする意味はわかってるのか？」

「婚約者とか結婚してる相手がいるってことでしょ？」

「アピール的な意味じゃなくてその理由だよ。一生を添い遂げるって誓った二人が、どうして薬指に指輪をするのか」

「わからない」

頬にあった手で鼻先をつままれた。思わずうっと目を閉じる。

「薬指の血管は心臓に繋がってるって古代ローマ人のあいだで信じられていたからだよ。心を繋ぎとめておくために、離れないように、想いを込めて贈るんだって」

「血管が心臓と……それもすごく、ロマンチックだね」

「そう？　心臓を支配したがるって恐くないか」

「俺アキと死にたいな」

アキが珍しくあからさまに目を剝いたから、その驚きが俺にも伝染して狼狽した。

「その、だから、アキが先に死んじゃって一人になるのも寂しいし、アキだけ置いて逝くのも心配だしって思って……」

言い訳みたいにつけ足す。

「心中の誘いかと思った」

「ち、違う。五年前なら誘ったかもしれないけど」

「ばか。そういうのは小説の中だけにしておけ。美里は夢見がちなとこがあるからな……」

ため息を洩らして、でもアキは「同性愛はなだらかな自殺みたいなものだけどな」と囁いた。世間の常識からはぐれて二人だけで育む孤独な愛情。その寂しくて強い意志。緩やかな落下。

アキが指を俺の鼻から唇に移動させる。親指と人差し指でつまんだり、親指だけで下唇をなぞったりして、弄ぶというより俺の存在を確かめるように触り続ける。

そうしてそっと、俺の額に唇を近づけた。

「……一緒に暮らして一年経ったら、俺も美里の心臓をもらうよ」

わずかに温かい唇が笑みを含みながら額にくちづけてくれる。約束の印を押すみたいに。

「一年待つところがアキだね」

「誰かさんと違って現実的ですから」

「うん、知ってる」

現実的で堅実で誠実だ。

雪は数秒でも口を閉じると周囲の音を吸いとって、しんと静めてしまう。それを知ったのはここへ初めて来た日だった。このベッドで別離の時が迫るのを恐れて、アキの寝顔を見ながら声を殺して泣いたのを想い出す。

アキの唇が左の瞼に降りてきた。

……でもさっき〝最初から美里君に好意を持ってた〟って言ってくれて嬉しかったよ先生、と内緒話みたいに小声で茶化したら、アキがふっと鼻から息を抜かして喉で笑った。

あの夏ひとみが怒ってた理由も今はわかるよ、最近あいつとたまに話すんだけど、美里君可愛かったわよねーお元気ー？　って必ずからかってくるしな、とアキも小さく言う。

ひとみさんと接点があるんだ。

あるよ。

出会い、本当に大事にしてるんだね。昔の彼女ともちゃんと会ってる。

妬いたな？

そんな、ことは、ない。

……メグはひとみの子どもだよ。

「え——」

目を開けると、微笑を浮かべるアキが空気を揺らして顔を寄せ、俺の右頬を食《は》んだ。軽く噛んで、唇で挟んで吸って、舌先で舐める。ほんの少し痛むのも、唾液がじわりと冷えるのも、いちいちが嬉しくて感情が破裂しそうだった。叫んで暴れたかった、あるいは存分に号泣《ごうきゅう》してしまいたかった。アキの手で触られている、ただそれだけのことが俺を狂わせる。

「……ありがとう」

アキが吐息みたいに言う。

「……俺みたいな男を好きになってくれて、ありがとう美里」

切実な、祈りみたいな声音で言う。

我慢なんてもうできなかった。する必要もない、と思った時には涙がぼわぼわ溢れだして、アキがそれを舐めとってくれた。頬に伝ったのを舌で掬い上げて下瞼まで。

なにも請う必要もなかった。キスをしたいと思ったらその瞬間にアキの口が俺の唇を覆っていた。口を開いて舌を絡めて吸い寄せて、お互いを味わう衝動にも寸分のずれもなかった。圧倒も翻弄もされない、強引さも傲慢《ごうまん》さもない。二人して同じ情動に駆られて求め合っているのがわかる。当然の行動で、ごく自然なことで、こうするために生まれてきたんだと思う。

腰を抱かれて、俺もアキの首に両腕をまわして抱き返す。胸が堪らなく痛むからアキの胸に押しつけて和らげた。

「……お礼を言うのは俺の方だよ。ごめんね。アキ、ありがとうね」

一生涯でたった一つだけ欲しいものを挙げろと言われたら、俺はアキの名前を言う。だけどそんな願いは必ずしも叶うものじゃないから、人を好きになるのは恐い。

「俺はこの人生で美里だけを想って生きて死んでいくんだと思うよ」

十八の頃からアキが欲しかった。自分と同じ気持ちで想ってもらえたらどんなに嬉しいだろうと焦がれて、諦めてもいた。なのに今はその願いがしごくちっぽけに感じられるほどの愛情をもらってしまっている。人生の唯一だと告白して、永遠や命について説いてくれたりする。

ばかみたいだけど泣いて発散しなければこの至福感を抱えきれない。

「……奇跡だ、こんなの」

アキも嬉しそうに微笑んでからベッドの布団をよけて寝るように促した。俺が涙を拭いつつ中に入ると、アキも灯りを消してついてくる。

上から覆うように身体を重ねて、俺の前髪を手でよけて「よく泣くな」と感心して笑った。相変わらず格好よくて可愛い無垢な笑顔が愛しくて、幸せでアキが大好きで何遍でも泣けた。

「美里、どこで暮らしたい？」

アキが俺の上唇を舐めたり、下唇を吸ったりしながら訊く。

「ここじゃないの……？」

「一応ってこたえただろう？　引っ越してもいいよ。海の傍でも森の中でも。おまえはそういう理想を抱いてそうだからな」

「理想って……アキにはお絵描き教室があるのに」

「子どもはどこにだっている」

アキの唇を甘噛みして、しゃぶるように嬲りつつ考える。理想の話をするのならこんなふうに心から自分を愛おしんでくれるアキそのものが理想だった。一緒に暮らすことを平然と話したりして、僥倖《ぎょうこう》に慣れて贅沢《ぜいたく》になっていくのがそら恐ろしい。

俺が唇を離すと、今度はまたアキが俺の背中を抱き竦めて唇を吸う。真似してくすぐったくしゃぶられて、思わず肩を竦めたら余計に強く吸われた。はやくこたえなさい、とアキは笑って急かすけど、そんなの無理だ。あむあむと噛んで反撃してやる。

「遊んでないではやく」

アキが笑って俺も吹きだす。お互いの唇を交互に、飴《あめ》みたいに自分のものみたいに好きなだけ舐め合って、甘い戯れを繰り返すほどに足りなくなって、息を継ぐ合間に会話を挟んだ。

「一緒に住むのはここでいい。アキがずっと暮らしてきた家が一番いいよ」

行きたい行きたいと強請り続けたアキの家。別れを決意して飛びだした、想い出の詰まった部屋。他に行きたいところなんてない。

「そうか。アトリエは教室の方だけにしようと思ってたから、じゃあ隣の部屋を片づけて美里にあげるよ」

「うん、俺も手伝う」

「美里の荷物は少なそうだから、レンタカーでトラック借りれば一日で作業できるな。家具はどうする？　俺から一言言わせてもらうと、おまえの家の冷蔵庫はいらない」

二人して笑った。

「どうせ氷もつくれないよっ」

「あれは酷いな」

「不便さが癖になるっていうか、乙《おつ》なのに」

「なに言ってるんだ。本棚と机は必要だろうけど、テレビとか洗濯機はどうする?」

「全部適当に処分するよ。ほとんど先輩にもらったお古だから、俺も後輩にあげようかな」

「そう。……ベッドは?」

アキが俺の顔を覗き込んでにんまりする。意地悪く楽しげに俺を煽るアキが好きで、大好きで、俺はアキの背中と腰に両腕と脚を絡めてしがみついた。

「ここでアキと寝たい」

この柔らかいベッドで毎日、二度と別離に怯えて寝顔を眺めたりせずに二人で眠りたい。

耳の縁を舌で下から上へなぞられて、ぞくと震えたら噛まれた。背中にあったアキの左手が胸元に移動してきてパジャマのボタンを外していく。

身体のどこもかしこも尊くて、頬と頬も擦りつけて愛しさを伝え合った。首筋に優しく唇を押し当てられるとまた泣きたくなって、欲が暴走したように噛みつかれるといっそ息の根をとめてと懇願したくなった。体内の血肉がアキへの熱情で騒いで暴れて、心臓が高鳴って血管がはち切れそうで、至福さえも苦しくて辛抱できないから一思いに殺してしまってと。

「アキ……大好き」

『抵抗するの。おまえがしてくれっていうから抱いてやってるのに』

『おまえはほんとに呆れるな……どうせ男同士なんて憧れの延長みたいなもんだろ。泣くような相手をいつまでも追いかけてるぐらいだったらさっさと諦めて、昨日のあの友だちみたいな奴とお付き合いごっこしてた方が気楽だろうが』

『俺がおまえを好き？　よくそんな面白いこと言えたもんだな。俺はおまえとは違うんだよ。男なんて気持ち悪くて恋愛なんてごめんだね。頼まれたって惚れられねえな‼』

アキの指に触られるたびに想い出が蘇って頭の中で鮮やかに再生された。

分別のないばかで純粋な子どもの時分に築いた想い出が、とても得難い。不器用で不格好な、俺とアキの宝物。アキはその宝物を模《かたど》ったものが美里自身だよ、と言った。言いながら、慎重にパジャマをよけて、大事そうに俺の身体に触った。

『なあ美里。フェアじゃないから俺も一つだけおまえの好きなところを教えてやるよ。おまえは絶対に嘘をつかないだろう？　言いたいことは言うけど言いたくなければ黙る。——俺はおまえのそういうところが好きだよ』

『恋人に、なってやってもいいぞ』

『泣くなよ』

「アキ好き、」

『――俺は、無力だ』

『おまえはこんな痛みをずっとひとりで抱えてたんだな』

『臆病になった』

『愛してるよ、美里。……おまえが女だったらよかったのにな』

「美里」

過去と現在が交差して、目の前にアキの笑顔を認めると涙がいくらでもほろほろこぼれた。アキは逐一それを指や舌で拭ってくれる。

「……俺も好きだよ美里」

愛してる、と囁いてアキが舌で肌を辿っていく。手と足の指も一本ずつ丁寧に舐めてくれる。アキだと想うだけで動悸《どうき》がするのに、腋《わき》も胴も腹も、胸も執拗に舐めて囓《かじ》って愛撫してくれるから、心臓を酷使しすぎて声も嗄《か》れて酷く疲れた。

アキの身体は本当に太陽みたいだ。温かくて触れるのもおこがましくて、光を放っている。

「初めて、アキにきちんと、好きって言ってもらえた気がする」

「言えなかったことを後悔し続けてたからな」

「後悔なら、俺もしてたよ」

俺の腿《もも》を舐めていたアキを引き寄せて、汗ばんだ熱い身体を抱き締めた。アキの匂いがする。

「最後アキに、俺も愛してるって言えなかった。……ごめんね。こたえたかったよ」

「美里」

「愛してるアキ。……俺も、愛してる」

湿った胸と胸が張りついて、アキの心臓の鼓動が俺の胸を叩いていた。同様にアキにも俺の鼓動が伝わっているはずだった。

火照った身体を合わせているせいで、暑くて意識が朦朧とする。アキも俺の首筋に顔を埋めて両腕で背中をきっちり抱きとめてくれて、二人でお互いの身体を縛り合う。かたく。

絡み合う荒い息がどちらのものかわからなくなってきた。

アキの髪の匂い、首筋を濡らす汗、俺の背中を抱いている指、どくどく動いている心臓。

「アキ……」

とまったまま呼吸だけ繰り返すアキを呼ぶと、俺の耳たぶを吸ってこたえた。

「幸せすぎて指が動かない。……ごめん。少し待って」


朝日が瞼越しに明るく輝いていて、はたと目覚めた。

あまりの眩しさに思わず顔をそむけると左横にアキがいる。右腕を俺の首のうしろにまわして左腕は胸の上に乗せて、脚まで絡めて、全身拘束されている。

右側の硝子戸へ今一度視線を向けたら太陽の光で薄い水色に染まる青いカーテンの隙間から、

ベランダの柵に積もる雪が見えた。日差しが雪の表面を照らして瞬いている。触りたいなと思って、冷たい真綿のような雪が掌で軋んでむぎと鳴るのを想像した。

アキは眉間にしわを刻んで不愉快そうな表情で寝息を立てている。なんで寝てる時まで苦しそうなんだろう。への字に歪んだ口を慰めるために、舐めたり唇を擦りつけたりして舐った。

しっとり濡れたのを見て満足したのち、アキの腕と脚から逃れてベッドをでようとしたら、少しかさついた唇が愛おしくて唾液で潤しつつ果物みたいに味わう。

「……どこ行く」

と腰を抱いて引き戻された。「わっ」と倒れ込むと、眠たげな半開きの目で睨まれる。

「……トイレ」

「だめ」

「漏れる」

「漏らせば」

「えぇ……」

組み敷かれて、胸に頭をごろごろ擦りつけて甘えられた。らしくない挙動にどきりとするし俺の方が子どもなのに甘えてもらえるのも嬉しい。これは俺だけが知っている可愛いアキ。

ずれた布団の隙間から冷気が入ってくるから、足で布団を引っ張って整えた。アキの肩先が冷たくなっている。

布団でアキをくるんで「本当に漏れるよ」とごちたら、頬を噛まれた。

「どこにも行くな」

言葉でまで俺を束縛する。

「トイレはいいでしょう、すぐ戻るよ」

「……。三秒以内」

「部屋でて終わりじゃんっ」

「三秒」

もう！　とベッドを飛びだしてはだけた布団をアキの身体に巻きつけると、パジャマの上着を拾って慌ててトイレへ向かった。

暖房がとまっているから薄っぺらいパジャマ一枚じゃ寒すぎる。全身鳥肌を立てて震えながら事を済ませ、ついでに風呂の追い炊きボタンを押してダッシュで部屋に戻る。

アキはベッドの上に身体を起こして俺の飲みかけの紅茶を飲んでいた。

寒さに耐えかねて急いで布団へもぐり込んだら、マグカップを置いたアキは、

「三秒以内って言ったろ」

と腰をくすぐってきた。

「無理に決まってるーっ」

俺は暴れて笑って抵抗する。

「先生の言うことは聞きなさい」

「トイレに行かせてくれない先生なんて鬼だっ」

笑いながら身を捩って腰にあるアキの手を退けたら、反対に両手を押さえつけられた。

ベッドが軋んで、微笑むアキが至近距離に近づいてくる。次に与えられるであろうキスを予感して目を閉じたら、

「……鬼で結構」

と耳に囁かれただけで、アキの身体がふわっと離れていってしまった。

え、と落胆して目を開けたら、左横に、片肘突いて頭を支えた格好で悠々と俺を眺めているアキがいる。

「なんでしてくれないの」

「なにを?」

この、にやけきった楽しそうな顔……。

「……なにをって」

「言えたらしてやるよ」

アキめ。

「わかってないんだなアキは。俺ももう十八歳じゃあないんだよ。すんごいとんでもないこと要求してやるからな」

「とんでもない。たとえば?」

えーと。……えーと。

んー……。なんだろう……。

「言ってみなさい生徒君、ほら」

アキのにやけた目が細くたわんで、たじろいでしまう。

セックスの時に主導権を握っているのはアキで、アレもコレもしてるしされている。おしおきっぽい屈辱を伴ういやらしい行為をさせたいのに、自分になにかしてもらってもどうせ俺がアキに蕩けて負けるだけだ。

「アキが、こう、どろどろになることを要求するっ」

「だからそれを言ってみなさいよ具体的に。どろどろって? 漠然としててわからないなあ」

呆れられている……!

「美里君は十八歳以降なにを学んで大人になったんだ?」

「ごめんなさい、学んでませんでした」

「なにも?」

「くっ……所詮十八のままだよ……」

しょぼしょぼ観念して自分からアキに擦り寄った。せめてアキの身体を倒してやって上に重なり、キスをする。十八のままか、というアキの呟きが深くなっていくキスに紛れて消えた。

アキの両腕が俺の腰にまわって、俺もアキの髪を撫でてそのうちキスに夢中になっていく。

おはよう、と言ったらアキも、おはよう美里、とこたえてちゅと音つきのキスをくれた。

外の雪が綺麗だよ、と真っ先に教えてあげるつもりだったのに言い損ねた。

この抱擁が落ち着いたら話そう、そう思って自分の舌を吸ってもらう心地よさに心ごと委ねていたら、

「――……ん？」

どこかで音が。携帯電話の着信音だ。

アキも口を離して「俺の着信音じゃないな」と不思議そうな顔をする。

「うん、たぶん俺の携帯電話だ」

またベッドをでて冷たいフローリングの床を爪先立ちで歩く。ハンガーにかけていたコートのポケットから携帯電話を取りだして見るとマリ子ちゃんだった。

『美里君おはよう――、なにしてた？』

「あ、……アキの、家にいるよ」

『アキ先生のところ？　まだ朝だよ、こんな時間に？』

マリ子ちゃんにはシーナとの件で話したあと電話をしていなかった。「あれから色々あって、つまりその……」と言い淀んだら、マリ子ちゃんは『よし！』と声を張り上げた。

『やったね美里君！　復縁おめでとう‼』

返答に窮《きゅう》して思わずアキを見たら、ベッドの上に座って心配そうな表情をしている。俺も戻って隣に腰掛け、マリ子ちゃんだよ、と口パクで教えると、ああ、と納得したアキは小刻みに頷いて俺の腰に腕をまわした。

『もうずっとアキ先生の家にいるの？』

「ううん。昨日アキに会いに来て俺の親に挨拶行って、一日経って今日だよ」

『昨日の今日なの⁉　やだ聞いて、わたし昨日子どもが産まれたの！　運命感じる！』

マリ子ちゃんが興奮して俺もびっくりした。

「本当に⁉　マリ子ちゃんおめでとう‼」

『ありがとう、とっても幸せ！　ダブルでハッピーだね‼』

マリ子ちゃんがお母さんになった。

二人で「女の子だよね、可愛い？」『わたしの子だもの可愛いに決まってるでしょ！』とわいわいはしゃいでいると、アキも理解したのか笑顔で小さくぱちぱちと手を叩いた。

奇跡の瞬間に立ち会わせもらっている感動を覚えて、胸に熱い感情が込み上げてくる。

マリ子ちゃんと靖彦さんの子ども、世界に誕生したばかりの新しい命だ。

「マリ子ちゃん、電話なんかしてて平気なの？」

『平気よー、退屈なの』

「お母さんって強いね、出産した翌日にも元気って……」

『痛みはあるけど、授乳するために普通に赤ちゃんのところまで歩かされるよ』

「えっ、歩く？　寝たきりじゃないの？」

『病気でも病人でもないんだってばー。寝てたら身体なまっちゃうでしょ』

俺はしきりにすごいすごいと褒め称えた。

「赤ちゃんにも会いたいし、お見舞いに行かせてよ」

『うん、待ってる！　あ、絶対にアキ先生と来てね。アキ先生、幸せで顔ゆるゆるでしょ？　からかってやるんだー』

一緒に笑って「じゃあ近々行くね」と約束して電話を切った。

遊んだりばかをしたり、相談事を持ちかけて励まし合ったりしてきた友だちが赤ちゃんを産んで母親になった現実は、テレビで観る芸能人の出産報告とは段違いに身に迫って感じられた。命が産まれたこと、その子の人生が始まったこと、今はまだ真《ま》っ新《さら》な心がこれから様々な経験を重ねて研磨されて傷ついて輝いて成長していくこと。心臓が震えるような衝撃だった。

「本当に、産まれるんだね……」と感嘆を洩らしたら、アキに笑われた。

「ずっと腹の中にいると思ってたのかよ」

「そうじゃないけど……人間を産むって、途方もないことだって思って」

「美里も同じように産まれたんだよ」

「うん。女の人の神秘っていうか……尊いね。マリ子ちゃんはすごいね」

女性はやっぱり神さまに近い存在だ。男より存在に価値を感じる。これぱっかりは性差の大きさを痛感せずにいられない。

アキは俺を膝の上に乗せて手を繋いだ。逃げ場を塞ぐようなまっすぐな眼差しで見つめられて俺もアキの手を握る。

「マリ子のお祝いに俺も一緒に行くよ」

「うん、マリ子ちゃんが絶対にアキと来てって言ってたよ」

「ん？　……絶対って嫌な予感がするな」

ははは、と笑う声が絡み合った。

「なあ美里」

「……うん」

アキは微笑んでいるのに、俺はなぜか叱られているような心持ちになった。

アキの右手の指輪と俺の右手の指輪がお互いの手の中にある。なだらかな自殺、と昨夜アキは言った。書類での約束もできず命も産めない俺たちの、二人だけの絆。

「おまえがさっき言ってたことだけどさ」

「さっき？」

アキに手を引かれて、前のめりになった身体を抱き竦めて耳に息をかけられた。

「……美里が傍にいるだけで俺がどろどろになってること、おまえは気づいてないんだな」

その後二人で風呂へ入って暖まってから朝食の用意をした。

アキに「スクランブルエッグをつくりなさい」と指示されて、頭に疑問符が飛ぶ。

「ええと……目玉焼き、じゃない、んだよね」

「スクランブルエッグはとき卵でつくります」

「あ、卵のぐちゃっとなったやつね！　スクランブルエッグっていうのがあれなのか……」

「おまえの食に対する興味のなさが恐くなってきたよ」

「頑張るからっ、大丈夫だからっ」

俺が四苦八苦して卵を焼いている横で、アキはキャベツと玉ねぎとウインナーとトマトを刻んで美味しそうなトマトスープをつくる。手慣れた包丁さばきでしれっとつくれてしまうのが格好いいし、最後に「バジルも入れるか」とまぶしたりするのも惚れ惚れした。バジルってなに。どんな味なんだろ。

で、美味しそうなパンとトマトスープと、黒く焦げたスクランブルエッグを二人で食べた。

時計の針は午後一時を指している。次はちゃんとつくりたいなと若干沈んでいたら、アキはふいに居ずまいを正して「美里」と俺を呼んだ。両腕を組んでテーブルに乗せ、俺を見据える。

大事な話だと直感した俺も飲んでいたスープを置き、「はい」と姿勢を正した。

「おまえの父さんにもらった金は、おまえが管理しろ」

「え、管理？」

「あの金はおまえの両親のためにつかえ。旅行にでも行きなってまるまる渡してもいいし、欲しがっているものを贈ってもいい。でも俺の意見を言うなら、二人になにかあった時のためにとっておくべきだと思う。老後の面倒を見るのは俺たちなんだし、おまえが今までなに不自由なく育ててもらった分、恩返しするのは二人が老いてからだ。それは肝に銘じておけよ」

「アキ……」

「ただし、もしべつの理由で入り用になったら美里自身が判断してつかいなさい。この先二人で生きていけば絶対に金が必要になる時がくる。俺たちは自営だからなにかと金がかかるし、貯金で賄えなくなって路頭に迷う可能性だって充分ある。ぎりぎりまで耐えて限界がきたらおまえがつかい道を決めろ。でも俺が入院したからって、自炊を面倒がって毎日出前とるために消費したりしたら怒るぞ。わかるな？」

アキが自分をどんなに深い愛情で守ってくれているのか、思い知らされる言葉だった。

アキは俺の親の将来ごと見据えて一緒に生きていこうとしてくれている。俺の仕事や家族や、なにもかもを半分請け負おうとしてくれているのだ。

俺を愛するっていうのは俺自身を大事にするだけじゃなくて、俺に関係する人たちごと想っていくことだと考えている。

……料理を学ばせてくれるのも生活のためというより俺を想ってのことなのかもしれない。

至福感を持て余して視線を下げたら、アキのお皿のスクランブルエッグがなくなっているのに気がついた。焦げて美味しくなかったろうに、文句一つ言わずに食べてくれた。

愛情を示すことも受け取ることも、この人は知っているんだと感じ入る。大好きだ、もう。

「……ありがとうアキ。俺はアキといられるだけで舞い上がっちゃって全然駄目だ。ごめんね、嬉しいよ。俺もアキを大事にしていくからね」

涙を滲ませて幸せに浸ったら、アキは左手をのばして俺の頰を突き「泣くな」と苦笑した。

「俺も充分浮かれてるだろ」

「そんなことない」

「ばかだな。俺はただの独占欲が強い子どもだよ」

意味がわからない。俺は涙を払ってアキの手を握り締めた。

「お金のことはわかった、大事にする。でも、それならアキのお母さんになにかあった時もつかわせてよ。俺もアキの家族が大事だから」

アキの半分を俺も一緒に担いたい。アキのことだからお母さんのために相応の準備をしているだろうけど、手助けできる事柄はあるはずだ。

アキは微苦笑して俺の手を握り返した。

「まあ、そのことはあとでゆっくり話すから。ひとまずでかける支度するか」

——アキの態度に違和感を抱き始めたのはこの瞬間からだった。

俺がスーツに着替えようとすると「必要ないよ」と言う。

「え、なんで。初めてお母さんに会うんだから正装しないと」

「いいんだ」

「駄目だよ、アキは身内だからいいけど俺はきちんとしたい」

「大丈夫だから」

ただ遠慮しているだけかと思ったが、そういう雰囲気でもない。俺の親まで大事にすると語ってくれたアキが自分の親を蔑ろにするとも思い難い。燻る不信感を振り払ってアキを信じようと決め、俺は最初に着てきた普段着に着替えて家をでた。

するとアキは「買う物があるから」と商店街の花屋へ連れていってくれた。お母さんにお花を贈るなんてと心が温かくなったのも束の間、アキが選んだのは仏花だった。……言葉を失う。

そして昨日菓子折を買った和菓子屋でもお饅頭《まんじゅう》を二つ買った。

車に乗り込むと後部座席にそれらを置いてエンジンをかける。水っぽい雪解け道を走行する車内を満たすのは、洋楽の静かな音楽だけ。

……女手一つでアキを育てた、というお母さん。その姿を見てきたから、アキははやく自立してお母さんの生活を支えたいのだと言っていた。

小菊の香りが胸に沁みる。頭で理解してもその予感を心が拒絶していた。

アキのお母さんがもういない。

「最初倒れたのは二年前なんだよ。離れて暮らしてたから連絡がきたのは三日後でね、本人から電話がきて『検査入院するけど単なる疲労だから気にしないで』ってぶっきらぼうに切られた。相変わらずだなあって呆れて、二週間後検査結果を聞くのに同席したら医者に癌だって言われたよ。それから手術と治療と再発を繰り返して、去年の十二月頭に亡くなった」

去年の十二月……？

「俺、アキと会ってたよね」

運転をするアキはなにもこたえずに唇で苦笑した。……話したくなかったんだろうか。

再会したあと、互いのプライベートへ踏み込みすぎるのをさけてきた嫌いがあったのは否めない。けどだったら、アキに絵を描くための時間を割いてもらったりマリ子ちゃんとの食事に付き合ってもらったりしていた俺は、アキに迷惑や負担をかけていたんじゃないだろうか。

「ごめんねアキ」

謝ると、アキは俺の後頭部を撫でて笑った。

「言ったろ？　俺は美里といると落ち着くんだよ。イブまで誘って夜中に来させて、ちょっと大人気《おとなげ》なかったよな」

ならもっと豪勢なケーキを買って、何時間も傍にいて、くだらない話でもなんでもしていればよかった。こんなの今だから思える無意味な後悔だとわかっていても募るばかりで、歯痒さに裂かれそうになる。アキを独りぼっちで苦しめた、傍にいたのに。

「いい歌だろ。これ最近のお気に入り」と音楽のボリュームを上げたアキが鼻歌を歌う。

過去はしかたない、これからずっと傍にいるよ、と想いを込めてアキの腿に手を乗せたら、アキは少し居心地悪そうにはにかんで髪を掻き上げた。

「別々に暮らしてたせいかな、今もまだ生きてる気がするんだよ。……いや、いると思ってる。だから墓参りに行くのは変な感じなんだよな」

　俺の手の上に重なったアキの掌が冷たい。


お母さんのお墓は海が見える丘の上の墓地にあった。

入口でお線香を買ってバケツに水を汲《く》み、二人で歩きながらアキが教えてくれる。

「海の傍に暮らすのが夢だったからって、一緒にここを選んだんだよ。気が強いくせにどこか乙女チックな人だった。子どもの頃は映画も絵画展も演劇もコンサートも、色々連れていってもらったよ。絵なんか描いているのも母親の影響があったんだと思う」

　道の隅に残った雪が太陽の光に反射して眩しい。お線香の匂いが心を鎮めていく。

　お墓の前へ来ると、アキは墓石に積もった雪をよけてタオルで綺麗に掃除をした。俺も古い仏花を片づけて花立てを洗い、持ってきた花束を飾りつける。古い、といっても先に供えてあった花はまだ枯れていない。アキが頻繁に墓参りに来ているようすがうかがえる。まだ飾っておいても支障のなさそうな花は一緒に生けておいた。

掃除し終えたアキは墓石の上からひしゃくで水をかけ、コップにも水を入れて、お饅頭を置く。


二人でお線香を一つずつ持つと、アキが先にお供えしてお祈りした。

潮の香りのまざった冷たい風がアキの髪を乱している。両手を合わせて頭を垂れる背中が、昔家庭教師に来てくれていたアキを見送っていた時より広く逞しい。

考えていた。

自分の存在価値がないと鬱々し続けた五年間。

彼女と結婚しようと思う、と照れて笑っていた須山。

女の子を出産したマリ子ちゃん。

俺が同性を好きになったことも他人事にはしない両親。

病に冒《おか》されて亡くなったアキのお母さん。

俺の両親ごと自分の家族のように愛してくれるアキ。

『俺たちがどれだけの確率で会ったと思う？』と昔、諭してくれたアキの声が聞こえた。

「美里、おいで」

「……はい」

頷いてアキの横に並ぶと、俺もお線香を捧げて手を合わせた。

——……お母さん初めまして、中谷美里です。

本当にすみません。

俺が好きにならなければ、アキは普通に女性と結婚していたんだと思います。子ども好きのアキだから、子どもだってたくさんいたかもしれない。それで賑やかで幸せな家庭をつくっていたのかもしれません。皆に祝福されて、お母さんにも孫の顔を見せてあげてもっと幸せにしていたと思います。

アキは無力だと言ってくれたけど、本当に無力なのはいつだって俺の方でした。常識に沿った幸せをあげられません。

結婚できません。

命なんて産めません。

どんなに幸せでもうしろめたさがつきまとうのも目に見えてる。アキもそれはわかってるはずです。

いずれアキが、おまえいつまでも独身だな、とか笑われるようになるのが恐いです。

アキが傷つくのも、傷ついたアキを見て自分が傷ついて、その俺にアキが哀しむのも恐い。癒えない傷が連鎖して、想い合うばかりにお互いを追い詰めて緩やかに首を絞め合い続けるような、それがアキの言っていた、同性愛の孤独なんじゃないかと思うんです。

お母さんが大事に育ててくださった、こんなに大好きな人を俺は、この寂しい恋愛に巻き込んでしまいました。

でもしよければ、俺たちの味方になってくれませんか。

無力でも俺にできる精一杯で、俺みたいな至らない男を好いてくれたアキをいつまでも大事にしていきます。約束します。

アキが好きです。心から愛してます。

出会わせてくださったことに感謝しています。ありがとうございました。

「――美里、長いよ」

「あ、ご、ごめん」

我に返って顔を上げると、アキが横で笑っていた。

「初対面だからってそんなに話さなくていいだろ」

額を指で押されたけど、アキは照れ臭そうに、幸せそうに微笑んでいる。

「うん、そうだね。また来ようね」

お饅頭を取ったアキが、俺のコートのポケットにしまった。残った仏花と水のバケツを左手に持つと、右手で俺の手を繋いで歩きだす。

「海岸にでて少し散歩するか」

「うん」

「帰りはマリ子のところへ寄ろう」

「賛成。赤ちゃんの顔を見るの楽しみだね」

「女の子だって言ってたな」

「マリ子ちゃんに似てるのかな。それとも靖彦さん？」

「産まれたばかりの赤ん坊はカエルみたいだぞ」

「ちょっ、」

「なにかお祝い買っていかないとな。二人でいい物あげよう。本当は出産直後に病室へお祝いを持っていくのはマナー違反だけど、嫌がらせも込めて」

「あはは。ンー……でもいい物ってなにかな。服はきっといっぱいもらってるよね？」

「ばかだな。すぐ成長するから衣類は贈り物でももらった方が得なんだよ」

「あ、そうか。じゃあやっぱり服かな、普通すぎる？」

「普通じゃないとしたらワインとかいいかもな」

「子どもにワイン？」

「誕生日の年にとれたワインを〝二十年後、二十歳になったら呑んでね〟って渡すんだよ」

「キザー！　……大好きアキ。惚れなおした」

笑い合って、他愛ない会話を続けながら太陽と雪の香りの中を歩いた。それとなくアキの手を握り返すとアキも握り締めてくれる。

掌の隅にアキの指輪の感触がある。

海の波の音はここまで微かに届いていて、空を仰ぐと鳶《とんび》がピゥーイと横切っていく。

振り向いて笑いかけた。アキもこたえるように微笑んでくれて潮風の中で軽く首を傾げた。雪にまざる春のうららかな淡い光が、アキの笑顔からほのかに溢れて揺れた気がした。

美里
マキ

アキの日

五年間、気がかりだったことがある。アキに誕生日プレゼントをあげられなかったことだ。当時彼女がいたアキに対して勝手に片想いしておきながら、俺は衝突する都度『誕生日にプレゼントくれたら許す』などと偉そうに要求を繰り返して、挙げ句本当に絵を描いてもらってしまった。なのにお返しをしないまま別れたのだった。

アキがくれたのは俺をイメージしたという、林檎が水に浮かんだ絵。一人暮らしの家でも、引っ越してきた部屋でも机の上に飾って大切にしている。眺めるだけで元気や安堵をくれる宝物を、もらうだけもらって浮かれていた自分の愚かさが悔やまれる。

今日は一緒に暮らし始めて最初の夏、アキの誕生日だ。クリスマスプレゼントとして指輪は贈ったけど物云々じゃなく、アキが生まれてきた日をお祝いしたかった……のに。

まさかアキと再会してあまつさえ同棲なんて始めると思ってもいなかった一昨年の俺は、今年の仕事のスケジュールをぎっちり詰め込んでいて、一つずつこなすだけで手一杯だった。

現在進行形で脳内は執筆中の物語の世界観や主人公の人格に支配されて切羽詰まっている。アキだけを想って、プレゼントについて悩んだりする幸福な心の余裕が皆無だ。

それで、ひとまず夕飯を手料理でおもてなししたいんだけどやっぱり難しいな料理……。

唸りながらフライパンをがさがさ振っていると、アキがお絵描き教室の仕事から帰ってきた。

「ただいま」と玄関の扉が開いて足音が近づいてくる。

俺も「おかえり」と声を返したら、右横に来たアキにひょこと覗き込まれた。

「美里、おままごとなら公園でやれよ、食材が無駄になるだろ」

「おいっ。ご飯つくってるんだよ……」

むっと唇を突きだすと、アキは薄く微笑を浮かべて俺の口に軽くくちづけ、肩に提げている鞄のずれをなおした。

「裸エプロンじゃないんだな」

「し、しないよそんな格好」

「でき栄えが残念な分、そっちで補ってくれてもよかったのに」

手厳しいことを言いつつも、声が嬉しそうに弾んでいる。

同棲を始めてから自分も料理をするようになったものの、マニュアル通りにこなすので精一杯の俺と違い、アキの方がアレンジもできて断然うまいから結局甘えてしまう日が多かった。

アキはカブが安売りでたくさん買えたら味噌味の炒め物、生姜焼き、中華風のあんかけスープ、サラダ、浅漬け、と毎日バリエーション豊かにつくってくれる。対照的に、俺は塩胡椒の炒め物しか思いつかないうえに、それさえ濃い味にしたり水っぽくしたりしてしまう。出来損ないの料理を食べてもらうといたたまれなくなって〝時間ができて料理の勉強をちゃんとやれるようになるまで……〟とますますキッチンから遠ざかった。

「で、美里君はなにをつくってくれるんですか」

「野菜炒めだよ」

「ふうん。誰にでもできる単純で初歩的な料理だけど、味つけと食材でだいぶ変わってくるな、楽しみ楽しみ」

「うっ」

……この感じ、勉強を教えてもらっていた頃を思い出す。嫌味たらしくからかわれて悔しくて反抗したいのに、でも実際はアキの方が正しくて優秀で非の打ちどころがない。

とはいえ、本気で劣等感に苛まれたりしないのはアキが喜んでくれているとわかるからだ。

「アキめ……」

仕事の疲労感もどこへやら、隣で子どもみたいに無邪気な満面の笑みを広げていて、見返していると、なに？　と首を傾げた。昔より若干丸みが削げた頬と、昔のままの黒く深い瞳。

「美里？」

凝視していたアキの唇が動いて俺を呼んだ。

俺はふいっと視線をフライパンに戻してがさがさ炒め続けた。

なんだろう。あまり見すぎると減っていくような気がした。今の幸せが。……なんとなく。

「美里、それバター風味にしたら美味しいかもよ」

「え、バター……？」

「豚肉とキャベツときのこ類しか入ってないから、優しい味つけがいいんじゃないの」

そう言って俺の頭を撫でたアキは、また鞄のずれをなおして自室へ戻っていった。

やや猫背に屈んだ広い背中と、自分の後頭部に残ったアキの掌の感触と体温。

アキが生活している場所にいる。アキが疲労を癒やす場所で自分も生活をしている。

これが今の自分の日々、日常。

まだふと、夢じゃないんだ、と我に返る刹那がある。アキが愛しすぎて。


数十分後、アキにアドバイスをもらってつくったバター風味の野菜炒めと、鯖《さば》の塩焼きと、油揚げとお豆腐のお味噌汁を用意して夕飯にした。

バターは量が多すぎて汁っぽくなり、しかも焦げた。鯖も塩が多くて辛《から》いぐらいだ。

アキの感想も「バターや塩は加減しないとな」というものだったから満足はしていないと思う。でも文句を言わずに全部食べてくれた。いつもなら二日にわけて食べる量だったのに。

「ごちそうさま。――美里は昼間に風呂入ったんだろ？」

「うん、今日暑かったからシャワーしたよ」

「じゃあ俺も入ってこようかな」

椅子を立ったアキがお皿をシンクに運んで「お腹いっぱい」と風呂へ移動する。アキはいつもこうだった。失敗したところを指摘してなおそうとしてくれながら、その失敗も受けとめてくれる。

俺はアキの新しいバスタオルを脱衣所に置いたあと、食事の片づけをした。……裸エプロン、なんて突拍子もないことを言うぐらい浮かれてくれたのにがっかりさせただろうか。

一緒に暮らして三ヶ月。好きだ、愛してる、と明確な言葉を伝える数は減ってきたけれど、それとは違う箇所で想いを実感することが増えていた。片想いの頃のように会えば途端に〝好き〟という言葉が生き物みたいに勢いよく口からでたがった時期も過ぎ、かわりに日常の他愛ない態度から愛情が滲みでる。アキの場合、その多くは我慢や忍耐だ。

怠惰さを許されるのにも慣れて寄りかかりすぎて、嫌われないようにしなくちゃと思う。

三角コーナーにたまった生ゴミを捨てたから、次はコンロのごとくと汁受けカップを洗う、魚を焼いたグリルと網も匂わないように隅々まで丹念に。最初の頃やりっ放しにしたら『油でべとべとになるだろうが』ってすごい怒られたからな。アキ曰《いわ》く、片づけまできちんとやってこそ料理をしたということになる、のだそうだ。確かに。

洗濯物をたたむのも習慣になったし、ここら辺の怠惰さは和らいだと思うんだけどどうだろう。同棲は朝から晩まで至福一色に満たされる夢心地の毎日ではなく、実際は負担をわけ合って成立する生々しいものだった。いつかアキに〝限界だ〟って見限られたらと思うと恐い。

今夜は仕事もお休みしよう、と決めてベッドに転がって本を読んでいたら、アキが風呂から上がってきた。

「あれ、執筆はいいのか？」

「うん、今日はもうしない」

「そうか。あ、バスタオルありがとうな」

何気なく言ったアキは、乾かしたばかりの髪をふわふわ揺らして布団に入ってきた。

ありがとう、とアキにもらった言葉を心の中で復唱する。この人は好きとか愛してるとか言わなくてもお礼は欠かさず言う。思わずにやけてしまって、本を閉じて枕に突っ伏した。

「アキはやってもらって当たり前って態度とらないね」

「ん？　当たり前？」

「マリ子ちゃんがこのあいだ愚痴ってたよ。靖彦さんは心音《ここね》ちゃんの世話も家事も全部マリ子ちゃんがやって当たり前って感じなんだって」

心音ちゃん、というのはマリ子ちゃんと靖彦さんの娘さんだ。マリ子ちゃんはまだ産休中で、頻繁に家に来てくれるお母さんと子育てに奮闘する日々を送っている。

靖彦さんも心音ちゃんの面倒を見てくれるものの、基本的にはマリ子ちゃんがやるべきというスタンスらしい。

「マリ子のところは亭主関白なのかな」

「かな？　マリ子ちゃんめちゃくちゃ苛々してたよ、恐いのなんの」

「はは。靖彦さんは男は外で生活費を稼いで女は家を守るって考えてるんじゃない」

「そうだねー……」

『感謝の言葉ぐらい欲しいわ』とマリ子ちゃんはごちていた。俺はアキといるから、それがなんとなくわかる。

「恩に着せたいっていうのとは違うんだろうけど、ありがとうって言ってもらえるだけで全然違うんだと思うよ。俺は下手な料理でも家事でも、アキがありがとうって言って、こう……俺がしたことを受けとめてくれるとね、ああもっと満足してもらえるように尽くそうって反省するもん。俺の方こそありがとうね」

ありがとう、と口で伝えるのは思いの外照れ臭かった。それこそ毎日一緒にいてだらしないところもさらけだしているせいで、改めて畏《かしこ》まると自分に対する違和感が羞恥心を掻き立てる。俺の笑顔、今絶対口元が引きつってるよ……。

微苦笑したアキは、俺の背中を引き寄せて後頭部の髪を梳いてくれる。

「俺の父親の方が酷かったよ。お礼を言わないどころの騒ぎじゃない、仕事もしないでふらふらしてたから母親が一人で働いて生活を支えてたらしいしな。離婚する前から母親は苦労して俺を育ててくれてたんだから」

「ああ、そうか……アキの律儀さって子どもの頃に植えつけられた強迫観念なのかな？」

「ンー……怯えや義務感でお礼を言ってるつもりはないけどね。美里が自分といて、自分との生活を維持するために勤《いそ》しんでくれてるのは単純に幸せだよ」

恥ずかしげもなく、なんてことはなくアキも少し照れ臭そうだった。なに言ってるんだ俺、みたいな顔で苦笑している。

悔しいのはそれも格好いいところだ。

「ご褒美のキスしてくれてもいいのだよ、アキ先生」

照れ隠しで居丈高に甘えたら、アキも下唇を噛んで笑って俺の顎を上げた。唇を合わせてすぐ上唇と下唇をまとめて噛まれたから、吹きだして「変なキスは嫌だ」と抗《あらが》ったのに、また「うるさい」と顎を引き戻される。

「三ヶ月程度じゃまだ蜜月だよ。二、三年経ったら美里もマリ子と一緒に愚痴ってるかもな」

「アキの愚痴？　言うようになるのかなー……」

「高三の頃は言ってたくせに」

「あれは愚痴というのろけ」

顎と頬を覆うアキの掌が風呂上がりで温かい。大きな掌に顔の半分を包まれて、指の厚みや繊細さまで伝わってきて、じゃれつくように肩に挟んで擦りつけた。

俺の額や口や、鼻にまでキスして笑うアキもはしゃいでくれているのを感じる。

……俺、ずっと仕事してたもんな。三ヶ月といっても充分に堪能してきたわけじゃない。

デートらしいデートもしていないし引っ越しすらばたばた済ませて、アキに厳しく『美里の家に引っ越しの報告をしに行く時間だけは空けろ』と言われて再び実家へ夕飯を食べに行ったぐらいだ。他に想い出といえば近所を数時間ドライブしたり散歩したりした程度。

離れていた数年間を埋めるための特別なことはなにもしていない。アキを放って寂しがらせていただろうか。ただご飯をつくってバスタオルを用意して、他愛ない日常の営みをアキを想ってするだけでも、よかったのに。

「もうちょっと家事とか頑張るね」

「約束はしなくていいよ」

「じゃあやれる時は裸エプロンでしょう」

アキが吹きだした。「ばかな子だ」と揶揄《やゆ》して俺のパジャマの中に手を忍ばせる。自分が要求してきたくせに。

キスを繰り返して、アキの手が腰から胴までのラインを滑《なめ》らかに撫でていくのを感じながら、蜜月か、と感慨に耽《ふけ》った。高三の時に出会って別れて五年経て、現在。

「アキはなんで家庭教師の仕事を選んだの。〝生徒といけないことできるから〟はなしで」

また小さく吹いたアキが「うーん」と考える。

「なんだろうな。俺もたまに考えてたんだよ、どうして家庭教師をしたのか」

「ええ、改まって考えるほど適当だったの？」

「いや、自分が好きな仕事をしようって頭はあった。たとえば接客だとしても商品に愛着がないと客に迷惑かけるから、本屋か画材屋かなとか」

「わかる。服屋さんは駄目だ。迷って相談したら〝着られればなんでもいいだろ〟って怒られそう」

腰をくすぐられて「ぎゃっ」と声を上げたら「可愛いく喘げ」と抗議を受けて笑い合った。

「でもその美里の想像もあながち間違ってないよ。自分に接客は向いてなさそうだと思った。で、気がついたら家庭教師を選んでた。いずれ絵描き教室をやるつもりだったから人にものを教える立場に慣れたかった、ような気がする」

「漠然としてるの？」

「消去法で辿り着いただけだったのか、運命の導きだったのか、どっちでしょうね」

「へへへ……」

笑い方がいちいち可愛くないぞ、と右の乳首をつねって非難された。「いたいっ」と目を瞑って口を引き結ぶと、「その反応は可愛い」と唇を舐められる。

「さど先生」

「サド？　ああ、まあ俺がどうかはともかく、美里は精神面でマゾだよな」

「くっ、アキまで……」

みんなどういう目で俺を見てるんだ……。

「俺みたいな男にわざわざ惚れるのがマゾだってことだよ」

「アキは格好いいよ。俺アキより格好いい男はこの世にいないと思ってるもの」

「調教されてるなー……」

「調教⁉」

びっくりしたらアキがくっくくっく笑って俺のパジャマをたくし上げた。口にキスをしてくれながら身体に掌を強く押し当てて愛撫してくれる。二人でここにいて、体内に血を通わせて生きているのを確認するみたいな熱い手指。

口内に侵入してくる舌がアキのものだと自覚するとそこにも熱を感じて、絡み合う自分の舌が痺れた。俺もアキの皮膚の弾力や肌の湿り気、胸や掌の厚み、耳元にこぼれる吐息や囁き、そういう、アキの命の鼓動に触って耳を澄ませる。

「……アキ、誕生日おめでとう」

今日までいろんな経験をして生きてきたアキの、二十七回目の誕生日。

「生まれてきてくれてありがとう、愛してるよ」

顔を上げたアキが、ああそういえば、と思い出したように目を丸めたのを見て笑ってしまった。両頬を両手で包んで微笑みかける。

「プレゼント、今日は用意できなかったんだけど、今夜はアキのしたいことしていいよ」

途端にふわと頰を綻ばせたアキが俺の後頭部をしっかと押さえて、嬉しい、と大声で叫ぶような激しいキスでこたえてくれた。貪られて舌を強く吸われて痛い。

「プレゼントなんていいよ。俺は美里の未来をもらってるから充分」

　心から満たされているような深いため息をこぼして、アキが俺を抱き竦めてくれる。アキの胸に顔を押しつけられて目一杯力強く、腕の中に閉じ込められる。

　ううん、もっとあげたい、と頭を振って俺もアキの背中に腕をまわした。アキの香りをパジャマ越しに吸って呼吸する。太陽に焼かれたような、懐かしい匂いだった。

　……ふと、あの雪の日に書き上げた小説のことを思い出した。無事アキに装画の依頼を受けてもらって先月発売された作品は俺の新しい一歩になったと思う。

　アキと出会って書けるようになった感情がある。アキにもらった感情がたくさんある。教わったことも、学んだことも。今日はスクランブルエッグをつくる場面を書いたのだ。俺が生きることで作品にも命が宿るんだなと最近しみじみ考えていた。あと三つのシーンを書いたらできあがるけど、その二つ目が結構重要だ。今日書いたところも説明文をぐだぐだ重ねて押し切った部分があるから読みなおしてもっと自然な流れに修正し——。

「美里」

「あっ……なに？」

「今仕事のこと考えてたな？」

　顔を覗き込んで探られ、へへ、と笑ってごまかしたら鼻先を噛まれた。いだだ。

「じゃあ今夜はソフトＳＭにしようかな」

「ソフトって、な、」

両手をぐいっと頭の上に持ち上げられて、アキの左手で束ねるように束縛された。にや、と笑んだアキが間近に顔を近づける。

「……そういえば秋乃先生の作品の登場人物について詳しく知りたかったんだよ。俺はモデル料を請求してもいいんじゃないか？」

「う」

「聞かせてもらおうか、朝までじっくり時間かけてな」

アキの目が愉快そうに煌めいている。

「じゅ……十二時で、アキの誕生日はおしまい」

「どうせ〝やめないで〟って泣くのは美里だろ」

アキの右手が脇腹から胴をいやらしい手つきで這い上がってきて、左の乳首をくっとつままれた。一瞬で欲情して、悦びと期待に満ちた悲鳴じみた喘ぎ声が洩れる。

俺はアキに、どんどん染まってるんだよ。

そう教えると、アキはわずかに笑って俺の首筋に口を寄せ、甘くやんわり歯を立てた。

……あ、と思う。

あ、大丈夫だ。幸せは減ったりしない。

一年六ヶ月　秋、雨の夜

「――一年半も続くとはなあ……」

美里のお父さんが深いため息を含んで、そう洩らした。

「秋山君はともかく、美里にそんな才能があると思わなかったよ」

「才能ですか」

「実家をでて、人と暮らしていけるなんてね」

俺に視線を向けてふっと吹くように苦笑する目元のかたちと唇の薄さが、美里と似ている。そのまま酒を呷る横顔の目尻には、美里にまだないしわが刻まれていた。

木曜の夜、互いが住んでいる町から数駅離れた場所にある居酒屋へ来ていた。この一年半のあいだ、誘いを受けてはこうして二人で呑んで近況報告まじりの会話を交わし親和を図っている。

最初に紹介してもらって以来馴染みになった居酒屋は、落ち着いた風情のある内装からして高級感があり、串焼きと刺身と地酒が美味い。個室の夕焼け色のライトに包まれたこのテーブル席が、お父さんの気に入りのようだった。

「男女でも付き合いを継続させるのは難しいものだからね……まあ保《も》って三ヶ月。一年も経てば現実を見て二人とも変わっているだろうと思っていた。正直、それを期待してもいたよ」

「わかります」

「若いからね。今は親がしゃしゃりでてあれこれ制限するよりは自由にさせてやりたいとも思うんだ。ただわたしたちが死んだあと、二人きりでどうするのか心配でね……」

「はい」

「まあそうは言っても、美里は秋山君といて成長しているよ。引っ越しの報告やら新年の挨拶やら、うちにも頻繁に来てくれるだろう？　美里が一人暮らししていた頃はほとんど音信不通だったんだからキミのおかげだってわかっている。ありがとうね、気づかってくれて」

いいえ、と軽く頭を振った。

〝美里君は何回も家出した〟〝お父さんと冷戦状態だった〟とマリ子に教えてもらったあと親子関係を案じていたのは事実だが、気づかいとは違う。美里が俺の母親に対して『アキを育ててくれた大事なお母さん』と言ってくれるのと同様の気持ちでいるだけだ。それに自分の父親とは真逆の、威厳のある美里のお父さんに個人的な敬意もある。家族について語る言葉や見守る目を、傍で見て聞いて受けとめている時間は、曰く形容し難い心地よさに包まれた。

「秋山君は子どもはいらないのかな。家庭を持つことを考えたりは？」

「今は考えていません」

俺の断言にお父さんが苦笑した。

「でも夢はあります」

「夢？」

「僕たちのように子どもを望めない者同士もいれば、授かってもなんらかの理由で面倒を見られない人たちもいます。だからこのまま美里君と暮らし続けて精神面でも申し分のない人間になれたら、身寄りのない子を引き取りたいんです。……自分自身が子どもなので、本当に夢のようなお恥ずかしい話ですが」

「……そうか。今は産むだけ産んで持て余す親も多いからね。そう思うと秋山君に引き取ってもらえる子は幸運だろうな」

「いえ」

「親は、子どもと接しながら親になっていくんだよ。わたしも美里に悩まされた。父親として懸命に努めてきたつもりなのにままならないことも多い。――ねえ？」

いたずらっぽく目配せされて、今度は俺が苦笑する。

「その夢は美里が秋山君の志を一緒に背負えるぐらい成長したら改めて考えてください。あいつはまだ自分のことだけで手一杯でしょう。子どもが二人になるだけだ、秋山君が苦労する」

頭を振って苦々しい表情をするその目尻のしわを、また見つめた。橙色のライトが存在ごと幻のように淡々照らしている。

「美里と会ってからそういう夢を考えるようになったのかな」

「そうですね。もともと子どもは好きなので」

「ああ、絵画教室も子ども向けだものね」

「はい。普段子どもたちと接していて、今は美里君も傍にいてくれて……日々、夢も具体化していったというか」

「美里と別れて自分の子を、とは思わないわけだ」

踏み込めない、と感じる。親しくなれたと錯覚して気が緩みそうになったタイミングで必ず訪れる躓《つまず》き。自分に対して、両手を広げて歓迎、とはならないのもこの人が親だからだろう。

美里への、息子への強固な愛情を実感して緊張させられる。

「僕は美里君と子どもを育てて、家族になりたいんです」

「そうは言っても他人の子だよ。大変じゃないかな」

「他人というなら僕と美里君もそうでした。僕たちが時間をかけてかけがえのない間柄になっていったように、子どもとも家族になりたいと思います。お父さんと美里君のような時間をかけていこうと思う。この人に認めてもらうまで急《せ》きはしない。

二十数年も美里を育ててきた人から引き受けるなら当然、それ以上の時間をかけて愛情を示す必要があるだろう。ましてや男同士なのだ。酒を呑み交わして心根を披瀝《ひれき》し合いながら信頼関係を築けていける、この時間をもらえるだけでも十二分に感謝に値する。

「秋山君のお母さんは立派な方だったんだろうな。キミのような男こそ素晴らしい家庭を築けただろうに。……美里を女に産んでやれなくてすまなかったね」

「美里君が男性だったから今の自分があるんです。彼の存在が、僕には尊いです」

俺から視線を外して、伏し目がちに酒を呑んだお父さんが笑んで俯いた。照れや喜びも見てとれたが、さらに濃い哀愁が浮かんでいる。

「なんだかなあ……娘を嫁がせたみたいな妙な気分だよ、まったく」

居酒屋をでると外は小雨が降っていた。

「わたしはタクシーで帰るけど秋山君はどうする。付き合ってもらったしタクシー代だすよ」

「いえ、寄りたいところがあるので電車で帰ります」

食事をごちそうになっているのに、さらに金をいただくわけにはいかない。

嘘と見抜かれたのか「キミは本当に堅いね」と笑われて、そうして大通りまで一緒に歩き、お父さんの乗ったタクシーを見送って別れた。

駅まで濡れて移動する。本降りじゃなくてよかった。雨霧《あまぎり》のせいか真っ暗な夜道を外灯を頼りに進んでいく。知らぬ間に冬にすりかわっていく季節だ、雨に濡れれば身体も酷く冷える。ジャケットの前を合わせて、白い息を吐いた。

『秋山君のお母さんは立派な方だったんだろうな』――言葉が脳裏に張りついている。

母が亡くなって、もうすぐ二年になる。母親の死も美里との別れも、哀しみや寂しさを思うと時間の経過は途端にはやく、無慈悲なものに感じられてくるから不思議だ。

こんなに経った。一瞬だった。

最期は納得して見送ったはずなのに、振り返るといろんなものを置き去りにしてきてしまったような虚しさが湧く。納得、がただ自分をごまかしただけだと我に返った時にはもう遅い。数年前には戻れない。昨日にも、一分、一秒前にさえも。

終わる瞬間は必ず、世界が動いていることが奇妙だった。今母が死んだのに、命が一つこの世界から消えたのになんでおまえらは泣いてない？　平然としている？　そう思ったもんだ。聞けよ、今人が死んだんだ、人は死ぬんだ、全員死ぬんだ、おまえもあいつも、と傍にいる他人の肩を摑んで叫びたくなった。ファーストフードとか食っててんじゃねえよ、テレビ観てんなよ、おい看護師、おまえはわかるだろ聞け、と胸の内で激しく憤りながら母親の遺体と共に霊安室へ移動した。

美里が帰っていった日も、自室のドアが閉まる音、それから玄関の扉が開いて閉まる音に耳を澄ませていた。別れた、と自覚して顔を上げた時、自分の絵が目の前にあった。港の公園の、美里と二人で歩いた情景の。

なんとか首を動かして振り向くと窓の外に雪が降っていて、美里を寒い場所へ一人で放りだしてしまったんだと思ったら涙がこぼれてきた。

雪といえば保育園に通っていた頃、園まで仕事へ行く前に送ってくれていた母親と大雪の道を歩いたことがあった。途中で公園を横切るのだが、まだ朝はやくて誰も足を踏み入れていない公園には雪が腰のあたりまで真新しいまま積もっていて、俺は大はしゃぎした。『遊んでたら遅刻するでしょ』と母親が怒って背中におぶってくれても、雪が珍しくて興奮がおさまらず『下りたい、歩きたい』と暴れた挙げ句、母親と雪の上にひっくり返ったのだ。

俺にとっては楽しい思い出だったけれど、母親はあの話をするたびに鼻にしわを寄せて『最悪だったわ』と不機嫌そうにしたものだった。

雪の痺れるような冷たさや、埋もれて身動きできなかった感覚や、不自由さから溢れてきた痛快な気分が、いまだに忘れられない。

二人きりの親子で仲もよかったはずなのに〝お母さん〟から〝お袋〟に呼び方が変わった中学の頃は変な反発もした。恐らくあれが反抗期だったんだと思う。

よく憶えているのが三者面談のあとだ。

どうしたことか、母親と並んで帰るのが恥ずかしくて堪らなかった。校内を歩いて同級生に見られると羞恥が燃え上がって母親を突き飛ばしてしまいたい衝動に駆られた。こんな奴いない、見るな、と消してしまいたくなった。

子どもが親を恥じるなんて、と今でこそ自責に苛まれるが、当時は感情を引っ掻きまわす情動をどうにもできずに苛々して、母親と距離を置いてずんずん歩いて帰った。

一瞬だけ振り向いた時に見た母親の儚い泣きそうな笑顔は、記憶から蘇るたびに俺を苦しめる人生の傷の一つだ。なんであんなこと、と胸を引き裂く永遠の後悔。

臭い物に蓋の精神で普段は記憶の底に押しやっているし、母親にもすみやかに忘れてもらいたくて親子間で話題にしたことはなかったが、さすがに入院中に謝った。

『あの時悪かった。……反抗期だったんだと思う』

するとしゃべるのも億劫《おっくう》そうにしていた痩せ細った母親は、その瞬間だけ薄っぺらい身体を弾ませて盛大に吹きだした。

『べたべたされてた方が気持ち悪いわよ。男の子はこうやって自立していくんだなって思ってただけ。誇らしかったよ』

あれが本当か嘘か、今となってはわからない。優しさであり、親の愛情だった。それだけはわかる。

見渡すと、雪と見紛いそうな小雨が外灯に照らされて白く舞っている。

……お袋。立派な方だったんだろう、って貴方褒められてたよ。

俺の生き方がお袋の評価になるんだな。俺が立派にしていると他人の心の中に〝母親の教育がよかった〟〝きっと素敵な人だったんだろう〟と評されて残り続ける。俺のために身体を酷使して最期まで尽くしてくれたお袋の人生を、立派なものだったと記憶しておいてもらえる。だとしたら今からでも貴方に親孝行できるかな。

美里に会いたい。

ジャケットのポケットから携帯電話をだして、今は仕事をしているだろうからとメールでメッセージを送信した。

『あと三十分ぐらいで駅に着くよ。待ち合わせて散歩しないか』

……あ、雨だったな、と顔についた水滴を拭っていたら、ものの数秒で返事がきた。

『行く！　アキ濡れてない？　傘借りたり買ったりしてないなら持っていくよ』

思いやりが胸に沁みる。

『持ってきてくれたらありがたい』

『オケー』

携帯電話を再びしまうとちょうど駅だった。

改札を通って雨を払いながら入っていくと、人気《ひとけ》のないホームに立つ見知った人影がある。あれは誰だったか……と目を眇めて近づいたら椎名君だった。

会社帰りらしくスーツ姿で右手に鞄を持っている。背筋の通った精悍《せいかん》な姿は、初対面の印象よりだいぶ逞しくなったように感じられた。

ふいっと彼もこちらに視線を流して目が合った。軽く会釈して返したら、思いがけず身体ごと俺の方へ向けて、気をつけの姿勢を美しく保ったまま深く頭を下げてくる。内面の変化もうかがい知れる厳《おごそ》かな態度だ。

「久しぶりだね」

横に立って声をかけたら、椎名君も前に向きなおって肩を並べ、

「お久しぶりです」

と言った。

線路を叩く雨音が少し強くなった。

「今まで仕事だったの？」

「はい、残業したあと先輩と呑んでました」

「大変だね」

「いいえ、おかげさまでビールの美味さもわかってきましたよ」

苦笑すると、椎名君も笑った。

「今年から後輩も増えて、改めて態度を見なおしました。自分の未熟さもよくわかったというか……秋山さんに叱っていただいたことも感謝しています」

教育する立場になると責任感は自ずと芽生えてくる、その感覚は知っている。しかしそれと差し引きしたって随分凜々しくなった。ともするとこれが彼の本来の姿だったのか。

「俺はなにもしてないよ」とこたえると、

「美里さんを想っての言葉だったから、ですか」

と笑んで、横目で探られた。苦笑いで濁したらいっそう楽しげに笑われる。

「美里さんとお幸せそうですね」

「？　どうして」

「左手」

同棲一年目に贈る、と約束していた薬指の指輪を目ざとく指摘された。

「俺も今は恋人がいるんですよ。付き合って二ヶ月になる彼女です」

「そうなんだ」

「取引先の子なんでちょっと厄介なんですけど、幸せにしてます」

失恋の傷も癒やされる大恋愛ですよ、と得意満面に胸を張って椎名君が明るく笑う。

時間の経過の無慈悲さは救済にも繋がるんだと感じ入った。

「俺も椎名君には感謝してるよ。ありがとう、すまなかった」

俺がばかげた言葉で美里を苦しめていた数年間、美里は彼に救われていた。鈍い罪悪感と共にその恩は俺の中に刻まれている。

雨に湿った緑の香りが微風にまざって流れていくと、椎名君が小さく息をついた。

「……別れてから、俺、初めて美里さんの小説読みましたよ」

「読んでなかったんだ」

「ええ、なにが書いてあるのかだいたい予想がついたんで。読んでみたらやっぱり綺麗に予想通りでしたね」

椎名君がわざとらしいため息を吐いて笑うから、俺もつられた。

「美里さんはロマンチストなんですよねえ、女の子より女の子でしょう?」

「そうだね」

「映画観てもすぐ泣くし、海やら山やらちょっと綺麗な景色見るだけで感動するし、大人の男なんだからもうちょっと感情を抑えればいいのに、無邪気で惜しげもないっていうか。思考が筒抜けなんですよ」

「危なっかしいところがあるかもね」

「そうそう、危なっかしいんです」

うまい表現ですそれ、と椎名君が大仰に感心すると空気が一気に解けて二人で笑い合った。

「妙な壺《つぼ》とか買わされそうですもん、秋山さん大丈夫ですか」「今のところは平気だよ」「気をつけた方がいいですよ、なんでもかんでも信じるし」「純粋さは罪だね」と揶揄を重ねる。

「嘘もうまくつけないし、ばか正直だし、」

「ああ」

「子どもみたいで、まっすぐで、」

「……わかるよ」

笑いがおさまると、声が雨音に溶かされていくように沈黙が降りた。過去の記憶が俺たちを覆っている。

「俺美里さんに、作家の世界に入ってくるなって言われてる気がしてたんです」

「どうして」

「ペンネームのせいかな」

椎名君は視線を伏せて、唇だけで笑顔を繕った。

「秋山さんと再会してなくても、俺はいつか美里さんと別れてたと思います。俺があの人を傷つけた部分は貴方にまかせます。よろしくお願いします」

椎名君が小さく頭を下げたのと同時にアナウンスが鳴り響いた。

電車が参ります、というけたたましい音声の中で、彼が幸福そうな笑顔を広げる。

ありがとう、と右手を差しだすと、椎名君も苦笑まじりにはにかんで右手をだし、こたえてくれた。


一駅先に降りた椎名君と別れて地元に帰り着くと、タイミングよく美里からメールがきた。

『もう待ってるよー』

歩調をはやめて改札口へ急いだら、傍に立っている美里がいる。人ごみの中で美里の姿だけ空間からくり抜いたように明晰だった。俺に気づいた美里もふわと微笑んで右手を振る。

酷く懐かしい光景に思えた。

改札を通って美里の正面に立つと、両頬を包んで目を見つめる。

「待ったか？　怒ったか？」

「え？」

「泣いてないか？」

美里がぷっと吹きだして嬉しそうに笑った。

「泣いてないよ、そんな泣き虫じゃあないよ」

あの時より若干変化した、父親の面差しを引き継ぐ目元を間近で確認する。愛おしかった。

「行こうか」

「うん」

美里の手にある二つの傘の一つを受け取って、どちらからともなく手を繋いで駅からでる。夜だけはこうして歩く、というのがいつからかできた無言の約束だった。

「打ち合わせどうだった？　担当さん、美味しいもの食べさせてくれた？」

美里が興味深げに訊いてくる。

「食べたよ、美味しかった」

「いいなあ」

「美里はなに食べた」

「親子丼つくったよ、簡単でいっぱい食べられるから」

「そうか」

傘を広げる段になって、手を離して顔を見合わせた。二人共傘をさすと手を繋げない。と、お互い考えているのがわかる。

「……ばか」

「アキだって」

それで結局、大きめの傘を一つだけさして手を繋いだ。

美里の外側の肩に雨がかからないか気がかりだ。

「雨なのに呼びだしてごめんな。どこに行こうか」

「どこでもいいよ。雨も綺麗で好きだし、ちょっとわくわくするね」

「ロマンチスト君だな」

「なんでっ」

繋いだ美里の手が冷えていた。指の先まで包むように自分の掌におさめたくて握りなおす。

「夜遅いし、遠出はしないよ。近所散歩して帰ろう」

「うん、コンビニに寄ろう。夜食にケーキ食べたいから」

「じゃあ美味しいケーキを買うまでコンビニはしごするか」

「よしっ」

最近CMで新商品の美味しそうなケーキ観るよ、それは商店街の外れにあるコンビニだった、と美里が喜ぶ。じゃあそこから行こうか、と道を定めた。

傘にぽつぽつ弾ける雨音が涼やかで心地いい。肩先が雨に濡れて肌が冷える。掌は温かい。

歩いて行く。

隣には美里がいる。

あとがき

今作は『春恋』発売から五年後に自サイトで連載を始めて掲載していた作品を大幅に加筆修正したものです。この『秋色』にある章タイトルはすべて実際にある色名をもじっています。

『時色』鴇色《ときいろ》。

『口無し色』梔子色《くちなしいろ》。

『愛色』藍色《あいいろ》。

『彼の色』枯野色《かれのいろ》。

『明け色』朱色《あけいろ》。

これらの様々な色彩を積み重ねた果てに、ある一色に染まっていく。

そしてアキの色に染まるまで、というのが『秋色』の意味です。


小椋《おぐら》ムク先生『春恋』『秋色』と表紙の色の塗り方からなにからたくさん注文をしてしまいましたが、その都度全力でこたえてくださって本当に嬉しかったです。担当さん、校正者さん、デザイナーさん他、いつもお世話になっている皆様にもお礼申し上げます。

完結、とは言わないでおきます。今後も続いていく彼らの人生に一時寄り添ってくださった皆様へ深く感謝いたします。

二〇一三年　十月　朝丘《あさおか》　戻《もどる》

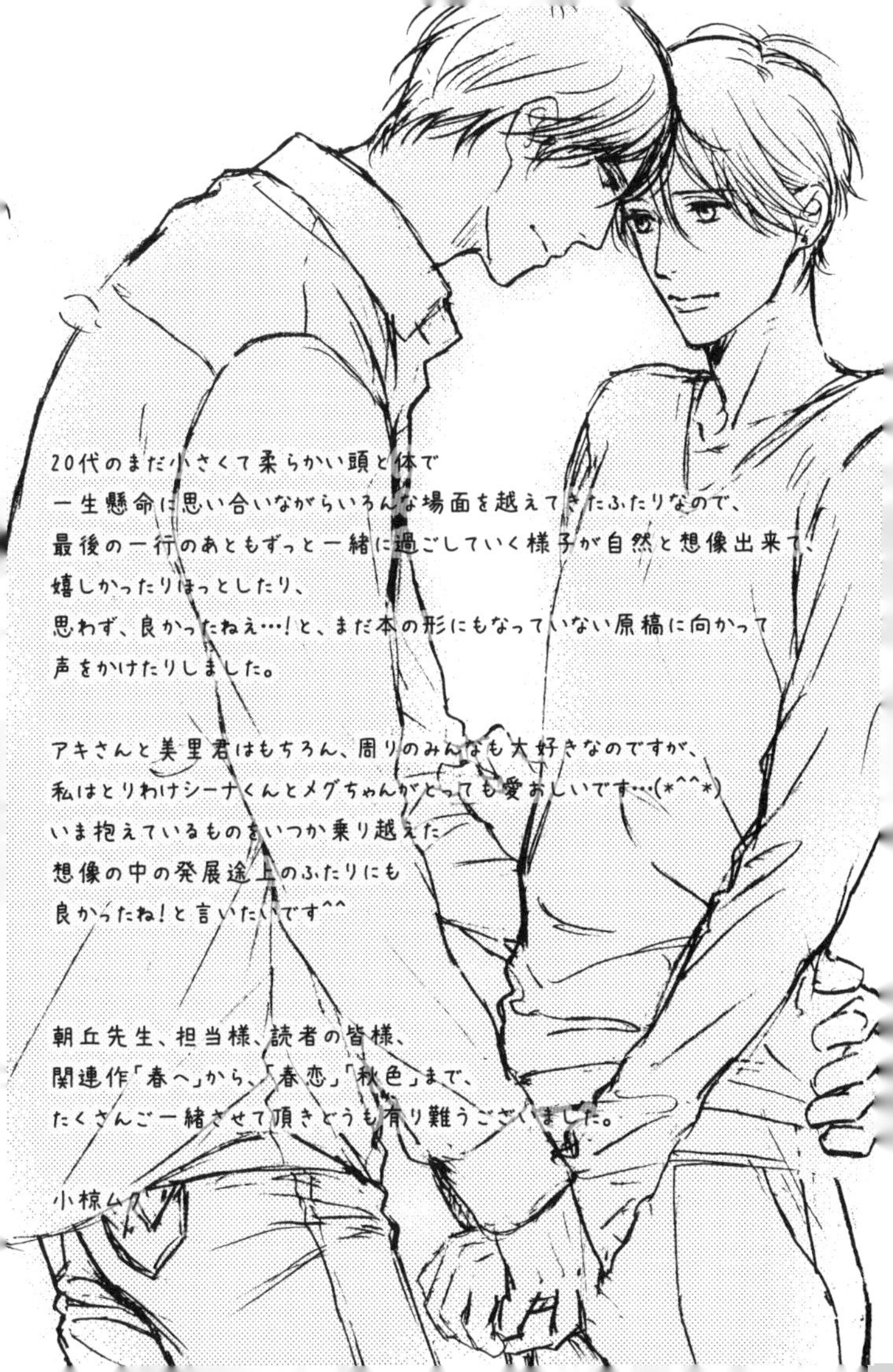

20代のまだ小さくて柔らかい頭と体で
一生懸命に思い合いながらいろんな場面を越えてきたふたりなので、
最後の一行のあともずっと一緒に過ごしていく様子が自然と想像出来て、
嬉しかったりほっとしたり、
思わず、良かったねえ…!と、まだ本の形にもなっていない原稿に向かって
声をかけたりしました。

アキさんと美里君はもちろん、周りのみんなも大好きなのですが、
私はとりわけシーナくんとメグちゃんがとっても愛おしいです…(*^^*)
いま抱えているものをいつか乗り越えた
想像の中の発展途上のふたりにも
良かったね!と言いたいです^^

朝丘先生、担当様、読者の皆様、
関連作「春へ」から、「春恋」「秋色」まで、
たくさんご一緒させて頂きどうも有り難うございました。

小椋ムク

行色《こうしょく》

担当の佐原さんと取材旅行に北海道《ほっかいどう》へ来た。

今日は札幌《さっぽろ》の時計台を観て大通公園《おおどおりこうえん》を歩いてテレビ塔へ行った。

明日は函館《はこだて》へ移動して五稜郭《ごりょうかく》と赤レンガ倉庫と函館山の夜景を観る予定だ。そして明後日は早朝から朝市へ出向いて海鮮丼を食べる。

「楽しいし食べ物も美味しいんだけど、アキと来たかったなー……」

歩き疲れてへとへとになった身体も温泉で温めてきたし、満足満腹で満ち足りてつい電話口で甘えを洩らした。

『仕事だろ。担当さんに迷惑かけないようにちゃんと取材してきなさい。経験を糧に成長しないと駄目だぞ』

無論、大好きな先生には厳しく一蹴されてしまう。

「仕事も好きだよ。直接観て自分で感じるのって全然違うし、作品に生かしたい。担当さんとも仲が深まるいい機会だなって思ってる。けどアキがいないと足りないよ」

『ホームシックか』

ホーム、の一言が心に熱く灯った。

「そうか、ホームか……。アキのところは俺のホームなんだね」

じんわり感動しているとアキの微かな笑い声が聞こえてくる。

『今夜は部屋が広くて薄ら寒いよ』

独り言みたいにこぼすアキは狡い。

「アキにそんなこと言われたらすぐ帰りたくなる」

『ちゃんと仕事しろ。仕事したら走って帰ってこい』

走って。走って、だって。……あのアキが。あのサド先生が。

「わかった、走って帰る」

『ゆっくり休んで明日も頑張れよ』

「うん」

会話が途切れても電話を切るのが名残惜《なごりお》しくて、黙ったまま耳を傾けていた。

宿の廊下にある大きな窓から、外の庭の雪景色が見える。冬の北海道が書きたかったのだ。

でもアキと暮らすようになって初めての冬に、初めての雪を一人で見ているのは寂しい。

「アキ先生」

『ん？』

「愛してるって言ってもいいんだよ」

アキが吹きだした。

『なんだそれ』

「どーしても言いたいんならしかたなーく聞いてあげますよ」

『そんなこと一言も言ってないんですけど?』

「照れ屋だなあ」

『誰がだよ』

「はやくしなさい、駄々捏ねないの」

『俺が叱られてるのか』

「そう、ちゃんと言わないと怒りますよ」

『おまえは……』

ばかだ俺、と思って赤くなって笑っていたら、アキの苦笑いにも耳朶《じだ》をくすぐられた。たぶん目の前にいたらアキは俺の唇を噛んでくれている、と想像する。戒《いまし》めるように噛んで、それから徐々に舌を深くまで差し入れて絡めて貪っていく。いつもみたいに。

笑いが落ち着いて再び沈黙が降りると、自分の身体に心許なさを感じた。やっぱり足りない。自分を支えている人、隣で受けとめてくれる人がいない。意識して踏ん張っていないと芯を失った身体が簡単に倒れそうだった。

アキから離れて一人で遠出するのも本当に久々で。

『愛してるよ美里』

見えない線を通じて届いた告白はごわごわ濁った、でも焼けそうに温かい声色をしていた。

「俺も愛してるアキ」

仕事頑張って、走って帰る。そう続けたら、ああ、と笑みをはらんだ頷きが帰ってきた。

＊＊

「アキただいま！」

絵描き教室の仕事が終わって帰ると、数十分後に美里も帰ってきた。

玄関へ迎えに行ったら大荷物を両手に提げてもどかしげに靴を脱ぐ美里がいる。

「おかえり」と言ったのとほぼ同時に家へ上がって来て、荷物を放って俺の首に飛びついた。

上体がぐらついて驚き、いささか必死に美里の身体を抱きとめる。

「たかだか二泊三日だろ、子どもみたいにはしゃぐな」

「一回やってみたかったんだよ、感動の再会！　みたいなの」

「ばか」

昔やってるだろ、と反論したかったがやめておく。

「ほら、じゃあ見せてみ。成長して帰ってきたか？」

美里の身体を下ろしてから、両手で顔を押さえてじっと凝視した。

「三日で成長なんて無理～」

美里は口を開けて無邪気に笑う。うちの生徒とあんまり変わらないな、この抜けた顔。

頬が冷えて凍えていて、鼻先まで相変わらずの林檎色だ。

それでもまあ、三日でも微妙に変化があるかな。離れて過ごした俺たちの心持ちに。

「んー……」

「どうですか」

「俺のことが好きって顔してる」

「それは正解だ」

またやんわり綻んだ唇の端にくちづけた。唇にも。

頬にも。瞼にも。

もう一度、唇にも。

そのまま奥まで深く、美里の想いを引き寄せるように貪って、離れないように抱き竦める。

二度と離れように。

「……おかえり美里」

目を見つめて言った。愛してる、という心をその一言に込めた。

美里も俺を見つめてにっこり微笑む。

「ただいま、アキ――」

ダリア文庫をお買い上げいただきましてありがとうございます。
この本を読んでのご意見・ご感想・ファンレターをお待ちしております。

〈あて先〉
〒173-8561　東京都板橋区弥生町78-3
(株)フロンティアワークス　ダリア編集部
感想係、または「朝丘 戻先生」「小椋ムク先生」係

❋初出一覧❋

秋色……………………………………書き下ろし
アキの日………………………………書き下ろし
一年六ヶ月　秋、雨の夜……………書き下ろし
行色……………………………………書き下ろし

秋色

2013年11月20日　第一刷発行

著者　朝丘 戻

発行者　及川 武

発行所　株式会社フロンティアワークス
〒173-8561　東京都板橋区弥生町78-3
営業　TEL 03-3972-0346　FAX 03-3972-0344
編集　TEL 03-3972-1445

印刷所　図書印刷株式会社